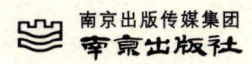

文学之都·青柠檬丛书

隔云端

张乐璇 著

南京出版传媒集团
南京出版社

图书在版编目（CIP）数据

隔云端 / 张乐璇著 . -- 南京：南京出版社，2022.9
（文学之都·青柠檬丛书）
ISBN 978-7-5533-3682-4

Ⅰ.①隔… Ⅱ.①张… Ⅲ.①长篇小说—中国—当代 Ⅳ.① I247.5

中国版本图书馆 CIP 数据核字（2022）第 067748 号

丛 书 名	文学之都·青柠檬丛书
书 名	隔云端
作 者	张乐璇
出版发行	南京出版传媒集团 南 京 出 版 社
社址：南京市太平门街53号	邮编：210016
网址：http://www.njcbs.cn	电子信箱：njcbs1988@163.com
联系电话：025-83283893、83283864（营销） 025-83112257（编务）		

出 版 人	项晓宁
出 品 人	卢海鸣
责任编辑	孙海彦
插　　画	赵海玥
版式设计	石　慧
责任印制	杨福彬

排　　版	南京新华丰制版有限公司
印　　刷	南京爱德印刷有限公司
开　　本	880毫米×1230毫米　1/32
印　　张	5.25
字　　数	104千
版　　次	2022年9月第1版
印　　次	2022年9月第1次印刷
书　　号	ISBN 978-7-5533-3682-4
定　　价	52.00元

用微信或京东
APP扫码购书

用淘宝APP
扫码购书

青春、大学、南京与文学之都
——《文学之都·青柠檬丛书》第二辑序

汪 政

《文学之都·青柠檬丛书》的第二辑就要出版了,它们由《青春》杂志社主办的第七届"青春文学奖"获奖作品组成,共有长篇小说四部,中短篇小说五部。

任何文学奖都有一个成长与调整的过程,现在"青春文学奖"的立场与主张已经非常鲜明了。它是一个原创文学奖;它的参评目标人群是全球在校大学生,包括硕士研究生和博士研究生;它的参赛作品语种为华语,体裁涵盖长篇小说、中短篇小说、散文和诗歌。它不仅是《青春》杂志社一家主办,同时与专业文学团体和十几所高校结成联盟,形成了一个力量强大、旨在发现新人新作的文学共同体。显然,这是一个有着自觉的文学意识的文学奖项。我曾经多次说过,虽然现在的文学奖已经很多了,但是,相比起丰富多样的文学世界,比起不可尽数的文学主张,我们的文学奖还是太少了。文学奖是一种独特的文学评论形式、文学经典化方式与文学动员路径，每一个文学主体都可以通过评奖宣示和传播自己的文学理想，聚拢追随自己的文学力量，推出最能体现自己文学主张的优秀作品，进而与其他文学主体一起组成万马奔腾、百舸争流、生机勃勃、和而不同的文学生态。所以，我们固然需要权威的、海纳百川的、兼容不同文学力量与文学主张的巨型文学奖，但更需要有着自己鲜明个性的文学奖。从这个意义上说，衡量一个文学奖是否成熟就看其是否具有自己的明确定位。就以"青春文学奖"来说，从二十世纪八十年代走到今天，中间经过数次变化调整，直至上一届，也就是第六届，才完成了这样的从目标人群到文学理想的评奖体系。如果对这一过程进行梳理和研究，未必不能看出中国新时期文学发展的流变，未必不能反映出中国文学越来越自觉的前进道路。它是中国文化走向高质量发展、中国文学制度走向现代化的典型体现。

从现当代文学史的发展来看，将新的文学生产力的生产定向在在校大学生有着文学人口变化的依据。五四新文化运动几乎是与中国现代大学制度的建设和改革同步的，高校知识分子群体是五四新文化运动的中坚，也是中国新文学的骨干。在鲁迅、胡适、陈独秀等大学教授的引领下，不仅中国新文学创作取得了实绩，确立了地位，更是培养了一批在校的青年学生文学英才。北京、上海、南京、广州、天津、重庆、武汉、成都、兰州、昆明等地都曾是中国现代大学相对集中的地方，同时也成为中国新文学的聚集地，大学的文学社团以及文学"发烧友"

是那时大学不可缺少的文化风景。后来成为共和国文学核心的人物大都是从那时的大学走出来的。这一文学人口现象在新时期文学中几乎得到了原本再现。曾经引领新时期文学风骚的卢新华、陈建功、张承志、韩少功、徐乃建、范小青、黄蓓佳、张曼玲、王小妮、王家新等作家、诗人开始创作时都是在校大学生，而且，这些大学生作家的创作并非个别现象，像北大学生作家群、复旦学生作家群、华师大学生作家群、南大学生作家群、南师院学生作家群等到现在还没有得到系统梳理，他们对中国新时期文学的贡献和影响确实有待深入研究。

　　文学与其他艺术形式不一样，文学是以语言的方式表现生活，表达人对自然、自我与社会的情感与思考，从这个意义上说，写作者人文素养的高低直接决定了作品的质量。因此，从理论上说，在现代社会，只要有可能，一个写作者的学历与其创作的正相关性极大。所以，现代大学形成了在校文学写作的课程体系，创意写作已经成为一个传统的专业，而著名作家驻校写作兼职教育则是普遍的现象，至于大学能否培养作家自然也就成为一个无须争论的问题。这几年，中国许多高校都建立了创意写作专业，并已经进入研究生学历教育序列。而且，从欧美的传统看，写作越来越被看成是一个人的核心素养，所以，写作绝不是文科生的事，更不是文学专业的专属，"在各学科内培养写作能力"不仅是一种学习主张，而且已经是一种成熟的跨学科的教育实践。所以，《青春》联合中国著名高校针对在校大学生，以文学奖的方式激励和推动新生文学力量的成长是一个既合乎历史又合乎学理的选择。

　　在大学学习时写作与具有大学学历的写作又有差别,这是环境与人生阶段决定的。在大学学习时的写作起码有三个特点:一是作为写作者的青春属性与未完成性。在校大学生还是典型的青年人,同是又是青春的成熟期。这时的青春既是未定型的,又是"三观"走向稳定、个体趋于自信而又充满进取与探索的时期,写作者大都满怀理想,不愿墨守成规,这也是五四新文化运动与改革开放时期大学生文学带有明显的叛逆与探索的原因。第二,大学是一个学习场所,大学生再怎么自信,再怎么"目中无人",他的学习者的身份是其明确的社会属性与阶段性生命规定,再加上学习制度的约束,所以,一方面大学生虽然不愿意为既有的文学所牵制,但另一方面,他们又或被动或主动地学习文学,这样的学习让他们能够较为系统地熟悉文学传统,掌握文学理论,成为自觉的写作者。第三,大学又是一个知识生产地,是进行科学研究的场所,是学术相对集中的地方。在这样的环境中,大学生的写作就自然地带有研究的味道,带有学术的倾向,他们许多的写作甚至带有试错的性质。

　　不管是从写作者的角度,还是从作品的角度,上述特征在《文学之都·青柠檬丛书》第二辑中都体现得非常明显。入选的作者从本科生到博士生,既有创意写作专业的,更多的则来自文科、理科、工科和艺术学科等各专业,确实体现了大学生参与写作的广谱性。而从作品上看,与相对成熟的专业或职业写作不太一样,他们的作品还不太成熟,即使将获奖作品与这些作者已有的作品联系起来看，还都说不上已经形成了自己的风格。一些作品的完成度还不够，后期修改加工的空间还很大。特别是，这些作品与现实社会的紧密度不够，写作者们对社会人生的思考还显得稚嫩，甚至有书生气、概念化的现象。但是，这又有什么要紧呢？如果一切已经定型，一切都已成熟，写作者们也都人情练达、世事洞明，那就不是他们，不是大学生了。一切都已完成，还有什么期待与希望？

可贵的是这些作品都是学习之作，像《光晕》《虫之岛》《长安万年》《青女》等作品都有着传统经典的影子，是向传统致敬的作品。《光晕》以科幻作为载体，对社会科层、人性进行了独到的思考。《虫之岛》是"孤岛"母题叙事类作品，以文明人来到孤绝空间的行为遭遇，思考文明的演化，探寻人的本性的多样性及其限度。《长安万年》是一篇历史小说，是一篇不仅从故事而且从文本风格上都试图回到历史的作品。《青女》有着浓重的中国乡土文学边地叙事的影子，不管是从题材还是从艺术风格上，都有着沈从文的笔调。作品写得从容、优雅，试图在复杂的人物关系与曲折隐晦的故事中寻觅社会、文化与人性的秘密。这些作品又是他们的科研之作。他们不满足于简单的学习，更不是重复式地模仿，而是试图研究传统经典在当代文学话语中的再生性，试图通过经典表达出作者新的人生思考以及在小说艺术上新的尝试。即以《长安万年》来说，作品对原型故事的借鉴，对历史风俗的描写，对古代探案桥段的运用以及博物书写，特别是注释文的加入所形成的多文本形式，并由此产生的互文衍义，使得作品变得丰富而有韵致。像这样的作品明显地有着"元书写"的研究性质。

　　作者们普遍表现出了探索的欲望，以及与社会写作自觉切割的创新努力。《隔云端》虽然是一部复杂的作品，却在控制上显露出令人惊讶的能力。这种控制不仅表现在对故事冲突的处理上，对多线索交叉，包括中断、接续、穿插的安排上，还表现在作为一部面貌写实的作品，在与社会相似度的距离把控上，从而使作品内容的呈现显现出了现象学的意味。《鬼才》的形式主义与探索性也具奇特之处，作品既是一部现实之作，又是一部历史主义的符号性作品。它通过对宋代历史人物与现代生活的重叠书写使作品获得了令人眩晕的恍惚，并在文本上具有了张力。它不是简单的穿越，而是以符号的方式举重若轻地实现了作者的艺术实验，从而巧妙地卸去了现实书写对他的压力。《狸花猫》也有着相似的美学考虑。只不过作品所倚重的对象与叙事技巧不同罢了。这两部作品都有跨界融合的性质，虽然它们的界不同，融合后的形态也不同。在《鬼才》，这界是现实与历史，叙事的技巧在符号；而在《狸花猫》，这界在人与动物，而叙事策略在心理分析。与它们相比，《雪又下了一整天》和《弹弓河边有个候鸟驿站》体现了少有的年轻人直面现实的勇气。作品或叙述社会底层，或聚焦重大社会问题，都有一种罕见的力量与将故事复杂化甚至极致化的韧劲。两部作品不约而同地使用了复调叙事，不仅在情节上体现出多线索的交织，同时也使主题呈现出叠加。它们的题材与主题都说不上有多独特，但是，正因为如此，似乎激发了作者另辟蹊径的决心，要以作品的复杂性和描写的尖锐度同中求异，彰显其非同一般的决绝。

所有这些都值得肯定与赞赏。这样的气质不但是大学生写作的审美基因，也是当下文学所需要的清新气息。要特别说一句的是，对已经成为"文学之都"的南京而言，年轻、未来、个性、创意等更是弥足珍贵。我反复说过，南京"文学之都"的称号自然意味着这个城市辉煌的历史，但更是对这个城市现实与未来的期许。所以，"青春文学奖"的举办，大学生写作力量的勃发，年轻的文学气质的晕染，都将为"文学之都"南京增添新的光辉。

确实，大学，南京，文学之都，没有比它们的幻化更赏心悦目的了。

作者系江苏省作家协会副主席、江苏省文艺评论家协会主席。

目 录

上卷

第一章 ………………………………… 003

第二章 ………………………………… 019

第三章 ………………………………… 035

第四章 ………………………………… 050

第五章 ………………………………… 067

下卷

第六章……………………………………… 085

第七章……………………………………… 096

第八章……………………………………… 110

第九章……………………………………… 126

第十章……………………………………… 139

上卷

第一章

许是南方人畏寒,这才刚入冬,就在屋里摆上了炭火盆子取暖。

李大爷对门店里那个卖水果的小伙子更是早早地拾掇出了一个陈旧的盆子烤火。梁诺站在李大爷店的门口看小伙子弯着腰忙来忙去,有时候给顾客装水果,都是蹦跳着的。梁诺等着他空闲下来了,打趣他道:"陈哥儿,你这不行啊,这才几月份就开始烤火啦?"

陈哥儿朝梁诺露出一个憨气的笑。他个子不高,精瘦,眼睛明亮:"梁大哥,我们咋个能和你这北方人比咧?都要冻死掉喽!"

梁诺笑了两声,一时无话。虽然已经是农历十月份了,但在巍山,梁诺依旧只穿着一件半长不短的风衣和一件不算厚的毛衣。他抬头看天,阳光明亮,天十分蓝,悬在青石板长街的上方,长街上不时有行人来去匆匆,却并不嘈杂,反而有些意外的安静。梁诺感叹,或许这就是巍山古城的魔力吧。

已临近中午,李大爷揣着他的宝贝戏匣子,手里提着一袋茼蒿慢悠悠地从长街尽头走来。梁诺看着他清瘦的身影,心想,老头儿一把年纪了,却是个十足的体面人,一件深灰色的长呢绒风衣,搭一条西裤,脚上的皮鞋擦得锃亮,手里再撑一根黄花梨木的雕花拐杖,真是比他们这些小年轻都精神很多。不过老头儿到底是年纪大了,走起路来步履蹒跚,还要依靠拐杖才能勉强把背挺直。

老头儿的一头短发也已花白,但打理得十分整齐仔细,乍一看,就是个精神头十足的老年人。不过梁诺知道,老头儿的身体并不像外观看起来这么体面,他也曾经自嘲说自己一身的零件散的散,坏的坏,都快不能要了。他直到现在还坚持做木工活。梁诺曾问过他,既然干不动了为什么不就此歇下呢。老头儿说,不能歇啊,歇下了就什么都没了。梁诺不理解老头儿的坚持,但在他心里,老头儿虽已风烛残年,但身体里似乎依旧住着一个年轻而坚毅的灵魂。

这么想着,李大爷已经走上前来。梁诺站起来拍拍身上的衣服,李大爷把那袋绿油油的茼蒿放在柜台上,说:"小梁,今儿中午吃涮锅?"

老头儿的普通话竟异常标准,这是一开始最让梁诺吃惊的地方。他刚来巍山的时候,听不懂本地人说话,年轻人还好些,遇上年纪大的人,就得连比画带猜才能顺利交流下来。可是老头儿一把年纪了,普通话却说得很好,一言一行也带着股说不出的气质，这让梁诺十分怀疑老头儿到底是不是巍山本地人。当然，他也问过老头儿，老头儿笑眯眯地说，肯定是啊。

"行啊，李爷爷，您说吃啥就吃啥。"梁诺笑笑。

"那我上去把火支上，让你尝尝我们巍山道地的火锅。"李大爷说着，把自己那根黄花梨木拐杖挂在他的工作台上，又拎起那袋茼蒿绕到后面，上楼去了。

梁诺坐回工作台前，将台面上的木头末子清理了下，准备吃午饭前将手头的这块板子雕完。雕了俩月，如今终于要收尾了。他想叹口气，可刚提起气来，又想起李大爷说他"年纪轻轻的老叹什么气，活得还不如我们老头子"，于是一时拿着小锉刀有些不知所措。他来巍山城三个月，人没找着，倒是有两个月都花在这块废掉的砧板上。

巍山城不大，梁诺骑着自行车一上午就能转完。他刚来时并不怎么把找人这件事放在心上，就想着这么小个地方，要能找着早就找着了。事实也是，他来巍山蹉跎了几个月，大街小巷走了一遍又一遍，都没能找到梁今欢。说心里话，梁诺很喜欢巍山城，这座古城隐没在大山深处，长街斑驳，街两边大多是木质的二层小楼，看起来古色古香。人口应当不算太多，来旅游的也寥寥无几，除了商业街以外，被宽阔的马路一称，就更显得少了，但梁诺很喜欢这种安静而缓慢的氛围。

遇见老头儿是梁诺准备离开巍山的前一天。他漫无目的地在巍山城闲逛，却发现阳溪街上一家时常关着门的铺子开了门。那时正是上午人最多的时候，老头儿一身装束十分整齐，坐在店门口吹笛子。那是十分奇异的画面，街上行人如流水，老人却丝毫不受影响地吹着自己的笛子，梁诺鬼使神差地走上前去，等到一曲终了，指着门上挂着的牌子问："大爷，您这招人？"

老头儿的店很漂亮，店里有新木有朽木，雕成花瓶、莲蓬等等样式，加上随处散落的干花、绿藤，以及老头儿特地在店里弄的一座小小的流水山景，倒真有点闹中取静的意思。后来和老头儿熟悉起来后，老头儿问他一个美院毕业的才子，怎么愿意来他这个小小的木雕店里打工，梁诺回答说，因为您的《梦华枕眠录》吹得太好听了。老头儿笑骂一句"驴唇不对马嘴"，这个话题也就算揭过去了。

梁诺雕的这块砧板，是老头儿家里切菜的菜板，因为年月久了，便被老头儿从他的木工坊里搬到店里来，想着废物利用，刚巧梁诺来应聘，老头儿就把这块砧板给了他，让他画了图纸，打了样，雕了一幅锦鲤戏荷图。梁诺看着自己花了两个月雕成的《锦鲤戏荷图》，只觉得"俗，且俗不可耐，毫无新意"。他十分不满意自己的作品，但左看右看，又挑不出什么大的毛病来。

老头儿从二楼喊他："小梁，上来吃饭。"

梁诺应了一声，上了二楼。他们平时午饭就在店里二楼吃，老头儿把店交给他后，自己大多数时候留在木工坊里琢磨雕刻，因着有梁诺，便每天中午都来店里和梁诺一起吃午饭。二楼烟气袅袅，桌子上摆着铜锅，铜锅外一桌菜，毛肚、牛羊肉片、茼蒿、莴苣、山药、地瓜……

"这些肉在二楼冰箱里冻了好长时间了，我费好大劲才切好，刚好今天咱爷俩清清底。"老头儿说。

听老头儿这么说，梁诺笑了："我说给您当徒弟，您当我师父，您不干，今儿又打着爷俩的旗号叫我给您清剩菜。这可不行，您屋里自己酿的雕梅酒得分我一罐！"

老头儿哈哈大笑："说得好像我少你一口酒喝似的！"

老爷子爱喝酒，更爱自己酿酒。像什么雕梅酒、杨梅酒、苞米酒、玫瑰酒大坛小罐的在木工坊里堆了整整一屋子。梁诺第一次跟着老头儿去取酒的时候，震惊地看着眼前的酒罐子，说："您这不是做木工活的了，得是酒作坊吧！"老头儿呵呵笑着，对梁诺的反应十分满意。不过老头儿也够抠门，每次只让梁诺喝那么一小杯，为此梁诺暗自腹诽了老头儿很久。

梁诺最爱喝老头儿酿的雕梅酒。这雕梅酒是用巍山特产的雕梅子酿的，味道呢，用梁诺的话来说，那就是喝起来有一股思念的味道。文绉绉的话梁诺也说不来，但是他每每喝起这酒，就总能想起梁今欢来。梁诺还记得自己第一次喝雕梅酒，是在一个晴好日子的黄昏，他偷偷开了老头儿的酒窖，随意踅摸了一小杯酒出来。梁诺自认酒量不差，可那几口酒却喝得他整个晕乎乎的，走路都飘了起来。

他飘忽着走到街上，走远了看着老头儿木工坊小门上刻着"天工坊"的木匾。巧夺天工，老头儿口气不小嘛。他又飘呼呼地往街上走，走两步一回头，走两步一回头，转悠着转悠着，转悠到一老门洞跟前，老门洞看着也有几百年的历史了，墙面斑驳得不行，门顶上写着"東安門"。

梁诺进了东安门，满目撞进了怒放的晚霞里。只见橘红色的霞光从云层里斜着射下来，把远处青翠的山峦都染上了一层金光。梁诺再定睛一看，隐没在绿山后面的，还有一座俊俏的雪山。梁诺没见过雪山，也没见过日照金山，他只觉得那光照得他目眩神迷，喝下去的那几口酒此刻也开始从他的胃里往外蒸发，一层层的，穿过哗啦啦的血、嘎嘣嘣的骨，直冒到他的面皮上，蒸得他眼酸鼻酸、伤春悲秋。

梁今欢也爱吃梅子。怎么又想起梁今欢来了呢，梁诺问自己。他一般是不想梁今欢的，因为想了也见不到，还不如不想。梁今欢怎么就那么爱吃梅子呢？梁今欢长高了吗？还留着她那一头小蘑菇头吗？又被人欺负了吗？也不知道现在爱不爱说话了……梁诺胡思乱想着，坐到东安门门洞里的石凳上，屁股还没坐热，就被几个年轻人赶走了。

那是一对拍婚纱照的小情侣，男人穿着唐装，女人穿着旗袍。摄影师带着他的小助理，说："哥，能麻烦您给让一下不，我们等这景等很久了。"

梁诺点点头闪开了，毕竟拍婚纱照也不容易。他本准备回木工坊去，却又被那摄影师拉住了："哎，哥，我这人手不够……"摄影师长得挺俊，他拉着梁诺的手看起来有些不好意思，但支支吾吾了一会儿，还是开口了："你能不能帮我举下打光板？"

梁诺就这么帮着举打光板,举到黄昏都已经变成了蓝幽幽的颜色,在天光还差一点,就还差那么一点就彻底没了的时候才回去。回去老头儿刚好摆上饭,饭桌上的戏匣子还吱呀吱呀地唱:"秀才,秀才,你去了也?"

"您说您听什么杜丽娘呐,还想着老树逢春啊?"梁诺打趣道。

老头儿笑骂:"你个臭小子,今晚别吃饭了,偷我的酒还没教训你呢!"

"就那么一口还被你给发现了,看来以后我活不下去了也不能去做那梁上君子了。"

两人坐下吃饭,边吃,梁诺边矫揉造作地嘴里哼哼:"姐姐,你可十分将息,我再来瞧你那。"

老头儿被他逗得哈哈大笑,那晚一开心,拉着梁诺在月色底下吹了半晚上的笛子,而那曲子正是当初吸引了梁诺的《梦华枕眠录》。老头儿是兴致上来了,不管在哪吹都能吹得开心,吹得尽兴,但梁诺这个听曲人就不行了。这《梦华枕眠录》虽占着梦眠二字,却和幽然安静不沾半点关系,反之,整曲带着一股奇异的喧闹,和市井人群最般配。

那晚月色清冷,梁诺听着曲中众生熙熙攘攘,从他的一颗心上七踏八踩而过,所谓各人有各人的营生,各人有各人的离合。梁诺是曲外人,融不进去,他亦是看客,看着看着就难免感怀自身。那晚天工坊里除了木头,就是李老头儿梁诺二人,可他那晚偏偏疲惫得像看了一场大戏,一颗心也被戏中人踩得稀碎。从那以后，梁诺再不敢让老头儿在夜晚吹那奇异的曲子了。

梁诺吃火锅吃出了一身汗，老头儿说年轻人就是火气大，说着说着就追忆起过往来，讲自己年轻的时候跟着师傅去山上认木头，师傅看到山上有一块整齐的石壁，石壁上有一天然的瀑布，师傅就非要往上爬，劝都劝不住，等师傅看着再往上也没他落脚的地方了，才不甘心地下来。

"我那一颗心悬着，看着我师傅脚落了地，我的心才落了地。我说，师傅，您都六十了！师傅说，六十了怎么了，六十了也要爬！"

两人在火锅氤氲的热气中哈哈大笑，一顿午饭吃了近两个小时。吃完午饭，梁诺跟着老头儿下楼，说自己的砧板雕好了。老头儿走到工作台前，双手举起砧板细细观详一番。梁诺看着老头儿略显豪放的动作，生怕这沉重的木雕砧板把老人家的胳膊给伤了。好在老头儿看了不大一会儿，便将其搁在工作台上，转过头来笑眯眯地问梁诺："你觉得自己刻得怎么样？"

老头儿早年的时候主要做木工活，给人做家具、门窗，后来才慢慢把重心转移到木雕上来。老头儿的天工坊是个传统的木雕作坊，里面几乎看不到现代化的设备，他坚持不管是干燥木料还是刨花等等，都采取最原始最自然的方式。天工坊里有一件高一米五长两米的浮雕屏风，就是老头儿用手，用凿子，一点一点慢慢磨出来的。当然，现在木雕手艺人对木体进行雕刻的时候都是亲手慢慢磨，但还是有不少电设备在可以取代的地方替换了人力。

"不怎么样。"梁诺实话实说。

"年轻人要对自己有信心！"老头儿拍着梁诺的肩膀道，"你这雕得其实已经很好了。不过老话说，隔行如隔山，虽然你也是学雕塑的，但到底不是木雕，材料不一样，它寄托的东西、表达的东西自然也不一样。我最开始学木雕的时候，就是为了能有门吃饭的手艺。我们巍山当地人，一辈子最大的一件事就是盖一套像样的房子，门窗装饰处处要木雕，所以学会了自然不愁没饭吃……"

梁诺受教地点头，继续听老头儿讲："可一旦这人吃饱了饭，就想有点更高的追求。那时候我就想着，怎么能把我手里的木头雕得更新，更精，更像艺术品，这一琢磨，就入了心。"老头儿点点自己的心口，"当你拿到这块木头的时候，就相当于把自己的心给捧在手里了。你看着这木头是硬邦邦的一块，但其实，它是活的。而它活到什么程度，就得看你的手艺了。"老头儿指着浮雕上一片荷叶的地方说，"比如这个地方就不够生动，你下刀的时候就得思考，该怎么刻才能把它动感的弧度给展现出来。"

梁诺用手摸着荷叶僵硬的边缘点点头。老头儿又仔细打量了浮雕砧板一会儿，然后伸手指指浮雕上鲤鱼鱼身一处弧度较为平缓且线条较长的地方，说："我猜，你这里是用错凿子了吧，是不是用成毛坯刀了？这可是个基础的错误啊！"

梁诺想了想，但实在想不起来了。做木雕的刀具，一套下来动辄就几十把上百把，他到现在还没把那些刀子的用处记明白，但八成是他拿错刀子了，于是"嗯"了一声，说："还真用错了！"

"木雕就是慢工出细活，急不得，你呀，虽然美术功底好，但到底没经验。咱们老祖宗以前拿木头搭桥盖房子，做船做轿子，里面的智慧可大了去了。再拿几块木头练练手，慢慢来，不着急。"

梁诺美术功底好，悟性高，手下干活也细致，老头儿其实是不担心的，所以就没再多说。他问了梁诺下午想在店里待着还是跟着他回天工坊，梁诺说想待在店里，老头儿就揣上自己的戏匣子，悠哉悠哉地走了。戏匣子没唱戏，不过等老头儿走出老远了，梁诺还能听到老头儿学着杜丽娘的口气哼唱道："遍青山啼红了杜鹃，那，荼蘼外烟丝醉软。春香啊，那牡丹虽好，他春归怎占的先！"

梁诺坐在工作台前不禁失笑，老头儿唱旦角，真是比"生者可以死，死者可以生"还要让人惊奇，又忽然想起曾问过老头儿怎么这么喜欢杜丽娘和《牡丹亭》，当时老头儿老神在在地说："天下女子有情，宁有如杜丽娘者乎！"梁诺想，这老头儿年轻的时候，指不定有一笔风流债还欠着，这么多年都念念不忘呢。

老头儿走了，梁诺待在店里百无聊赖。店里一天也不一定有一个真正买东西的客人上门，想买木雕的客人大多直接去天工坊那边,所以梁诺纳闷老头儿为什么非要留着这个店。他说:"仪式感,懂吗年轻人?"

梁诺在店里挑了块两个巴掌大的木头,准备再雕点什么练练手。木雕店的工作台前是一块大玻璃,玻璃外就是熙熙攘攘的阳溪街。这条街上什么店铺都有,乐器店、水果店、扎染店、美妆店、服装店、烤乳猪店……无论什么时候这条街都是热热闹闹的。梁诺坐在工作台前,可以看到街前各色的行人,不时还有年轻的女孩子们进店逛逛,梁诺想,这店之所以这么吸引女孩,大抵是因为看起来文艺又复古,刚好合了女孩子们的心意吧。

梁诺喜欢看女孩子,当然只是出于欣赏的目的。他觉得女孩子的身上带着一种神奇的气质,且每个女孩子都不尽相同,那么鲜活,比山里跳动着的泉水还要清冷。可他每每看到那些年轻漂亮的女孩子时,总是忍不住悲伤和遗憾,而那悲伤的情绪来自何处,他想不出来,脑海里总是闪现出一句"人无千日好,花无百日红"来。他也总会想起梁今欢,梁今欢和他见过的所有女孩子都不一样,她留短发,穿运动服,说话的时候永远不敢和人对视,走在路上总要贴着墙脚才算觉得安心。她整个人灰扑扑的就像蒙着一层尘埃,尖尖的下巴缩进衣领子里,浓密的眼睫低垂着,遮挡住那双很亮、很亮的眼睛……

一个女孩子来店里买走了老头儿前几日才雕出来的花瓶,梁诺送了她两枝木莲蓬,女孩子十分开心地和友人挽着手走了,边走还边兴奋地叽叽喳喳说些什么,那股生气让梁诺觉得十分感动。他低头看看自己手里的木头，心想，不如就雕个女孩子吧。他拿出纸笔来画图纸，脑子中却陡然一片空白，无奈又放下笔，盯着街上的人群发呆。

一连几天过去，梁诺的稿纸依旧空白一片，巍山的第一场冬雨也在时光流转中悄然降临了。斜风细雨，疏疏靡靡，若非真的置身雨中山中，梁诺怕是会觉得这雨比春雨还要酥软温柔。天空染着灰青一般的颜色，整座巍山古城连带着远处的山峦都被笼罩在冬雨带来的迷蒙烟雾中。雨丝像被风吹断了的线，飘向工作台前的玻璃上，又顺着玻璃一路滑下，但梁诺只觉得这风是淫风，这雨是邪雨，让他从骨子里陡然生出一股子寒意来。

他被冻得不行，奈何身上依旧只着一件加绒卫衣和运动外套，根本抵挡不住空气中四散的潮湿阴冷，不由地拢了拢衣服，在店里踱起步来。对门的陈哥儿倒是悠然得很，炭火盆子烧得很旺，盆子上还摆着一个铁架，铁架上放着红薯土豆种种。陈哥儿看到梁诺被冻得两股战栗的模样，十分热情地朝梁诺喊："梁大哥，来这，我笼火啦！"

梁诺也不客气，出了店绕过陈哥儿摆在自家店门口的水果摊，就蹲在炭火盆子前烤火。陈哥儿哈哈大笑，一张黝黑的面庞上两只眼睛格外亮："我还以为你不冷咧！"

"这也太冷了！我在北方零下十几度都没这么冷过。"

"听说你们北方有暖气？"

"是啊，屋里烧着暖气，只穿睡衣都不冷。"

因着天气不好，来陈哥儿水果摊上买水果的客人也很少。陈哥儿找了两个小木凳，两人围着炭火盆，吃着炭火烤熟的土豆红薯，倒是把梁诺吃出些许暖意来。

"这个洋芋好吃！"陈哥儿夹了一块烤土豆到梁诺放了调料的瓷盘里，边说，"我还没去过北方咧！听说北方的冬天雪下得大得很哩。"

"是啊！大雪压城，年年都下。"

"我们巍山也下雪！肯定和你们北方的雪不一样，你到时候可要瞧好！"陈哥儿说起巍山的雪来，语气里带着毫不掩饰的兴奋。

两人聊得很开心，从天南聊到海北，陈哥儿性格跳脱，又是十八九岁的少年人，梁诺被他带得也难免情绪高涨起来。两人正说着，梁诺抬头只见一个姑娘，打着画着山水图的油纸伞，踩着被雨水染湿的青石板，踏进了梁诺的店里。梁诺匆匆忙忙告别陈哥儿，也尾随着姑娘进了店。

"你好，我是老板，请问需要什么？"

姑娘恰好收起伞来，一双柔荑握在伞柄上。那姑娘给梁诺一股奇异的感觉，她有荷出绿波、日映朝霞之姿，却又带着一种冬雨般的清寂凄冷之感，梁诺只觉得这个姑娘让他十分矛盾。姑娘的个子不高，但清瘦，她仰起头来看梁诺，一头长发垂着，白白的面庞上挂着两只星流神飞的眼睛，只是眼尾泛红，像是哭过，无端给人一种悲愁之感。

"老板你好，我想雕一件东西。"姑娘朝梁诺微微笑了一下，又低下头去，声音十分温软。

"好。你要雕什么？"梁诺带着姑娘走到店里的假山旁，那有一套桌椅专门用来会客。

姑娘将一张照片推了过来。梁诺拿起来，照片上是一个看起来有些稚气的小女孩，十四五岁的年纪。

"这是我的姐姐。"姑娘说。

"嗯？"梁诺不解，眼前的这个姑娘尽管年纪不大，也应有二十几岁了。梁诺又低下头去看照片上的小女孩。相纸已有些发黄，小女孩和眼前这个姑娘眉眼相似，穿着一件天青色长袖布裙。梁诺仔细去看，才发现那小女孩左边的袖管空空荡荡的，似是……

"今天是姐姐的忌日。"姑娘又说道。

梁诺为姑娘倒了一杯茶，递过去的时候无意碰到姑娘的指尖，十分冰凉。

"谢谢您。"姑娘将冒着热气的茶杯捧在手里，递到嘴边小心地抿了一口，又说道，"叫我青葙吧，我叫青葙。"

梁诺点头："我叫梁诺，其实我也不是这家店的老板，我是给老板打工的，不过你有什么想法，尽可以告诉我。"

梁诺说着从桌子的下层抽出了纸笔，准备将青葙的要求写下来，但青葙沉思良久，只轻轻说了句："我不知道。"

梁诺有些为难，青葙似乎以为是自己给梁诺添麻烦了，眼神带着惶惑，不确定地问："您可以听我讲讲我和姐姐的故事吗？"

尽管面前这个姑娘浑身带着一股我见犹怜的气质，但梁诺自认不是个多么爱听别人生活的人，他想委婉地拒绝，却忽然想起了老头儿前些日子对他说的话，于是话到嘴边拐了个弯："你说。"

青莳开始缓缓讲述她和姐姐的故事："姐姐叫青晨。她很早就去世了，在她十六岁那一年。我是被爸爸抱养来的孩子，但姐姐一点都不嫌弃我，她对我很好。我们的爸爸在城北开了一家旅馆，旅馆叫'沙之旅'……"

青莳的故事讲得十分破碎，但梁诺大致理清了思绪。青莳的姐姐青晨并不是一开始就缺少一条手臂，而是在一次意外中受了伤，不得已截了肢，而那次意外，也恰恰是为了保护青莳。青晨是个乐观开朗的女孩子，就算失去了一条胳膊，也没有觉得是一件多大的事，她反而还常常安慰觉得天塌下来了的青莳。只是可惜，青晨红颜薄命，没能顺利长大，生命就永远停留在了她十六岁那一年。不过，青晨的死因青莳没有说，梁诺自然没有过问。

窗外依旧在下雨，雨声稀碎，室内一时静寂出奇，连廊檐上蓄积的雨水滴答落下的声音都清晰可闻。青莳来的时候已是后半晌，如今，天就要擦黑了。对门陈哥儿将水果摊收进室内，看来是准备关店回家了。

"自从青晨姐姐死后，我就发现，我的手臂不是我的了。"青莳似乎觉得十分难以启齿，但还是咬着牙说出来了。

"不是你的是谁的，这不好好长在你身上吗？"

"我也不知道，但是！"青葙有些急了，她伸出自己的左胳膊，说："我感觉不到它了，就好像，我的身体本来是没有它的，有了它，我变得不完整了，我找不到我自己了……"

青葙撸起自己的袖子，将白皙细瘦的胳膊露在梁诺眼前。她像是憋着这些事情太久了，一旦有了发泄口，便迫不及待地将一切展露出来。梁诺不由自主地看向她，这才发现青葙的胳膊上布满了大大小小的疤痕，看起来十分可怖。

"我最开始只是拿刀在身上划，挺疼的，可是那疼好像也不是自己的，我不知道该怎么和你形容那种感觉。后来，我竟然生出了想要截肢的想法，这种想法愈演愈烈，我去了医院，可是医院不允许我做手术。我没有办法，只能在日常生活中不去用左手。我爸爸在姐姐去世没几年后就去世了，我自己一个人经营着爸爸留下来的旅馆，可最近，我觉得我越来越力不从心了。"

"我找不到我自己了。"

梁诺觉得匪夷所思。

"今天我去祭拜姐姐，我忽然想，如果我把胳膊还给姐姐，是不是就好了呢？可我没办法还给她呀！"

"所以你是想？"

"我想请您帮我雕刻一个姐姐，两条手臂，十年后长大成人的姐姐。"

第二章

宋御棠傍晚醒过来的时候，窗外已经擦黑了。岁暮天寒，残雪翳翳。北方的冬天，日头总是这么短。伯父告知宋御棠母亲去了铮鸣寺，宋御棠犹豫了一下，还是决定上山去找母亲。父亲的遗体今天一早就被铮鸣寺的僧人抬上了山，那时候母亲连面都没露，她不知道母亲后来又跟上去是为了什么。

前几天阳城下了一场雪，积雪未消，宋御棠踩着咯吱作响的旧雪，来到了公交车站。华灯初上，阳城的冬天和她记忆里的一样，安静而古朴。这个位于祖国版图最北边的城市，像一个迟钝而纯善的庞然大物，在时光中迈着沉重的双腿缓慢前行。去铮鸣山不需要坐公交车，但是宋御棠忽然想在上山之前去南湖边上的酒馆里打一斤酒，她说不清自己为什么这么做。

上了公交车，宋御棠拿出手机点开微信，找到了梁诺的对话框。

宋御棠盯着手机屏幕想了一会儿，才打字："有今欢的消息了吗？"

梁诺很快回复了消息："暂时还没。"

宋御棠看着窗外飞逝的灯光发呆，手机沉寂了很久，梁诺那边又发过来一条消息："不管怎么样，还是要感谢你告诉我今欢的消息。"

"不用谢。"宋御棠的手指停留在发送键上，想了一会儿，又逐字将其删去，换成一个"嗯"发了过去。

宋御棠记得那个名叫梁今欢的女孩。哪怕十年过去了，宋御棠每每想起梁今欢来，都从骨子里生出一股复杂的情绪来。宋御棠问自己，她恨那个孩子吗？十年过去，那个孩子早就长大了，可她的妹妹宋奈却永远停留在了十六岁那一年。她不能说恨，也不能说不恨，可她同样也不能忘记在听到医院打来电话时，她心头涌上来的那一缕快意。

太卑鄙了，她想。

十年了，她和母亲在宋奈去世那一年就搬离了阳城，直到几天前接到伯父发来的讣告，父亲因为脑动脉瘤破裂而去世，她才不得不回来。而让她感到惊奇的是，母亲竟然愿意和她一起回来，还说等父亲的事情了结之后，要去墓园看看小奈。当年宋奈的葬礼母亲从头到尾都没有参与，原因无他，只是母亲当时太过心痛，并且逃避宋奈的死逃避了十年。

宋御棠买了酒，不是什么好酒，老白干，父亲以前最爱喝这一口。山路凄清，枯枝败叶混着残雪，沾着泥泞，在宋御棠手电筒的光芒下散发着颓败的光泽。铮鸣寺坐落在半山腰，香火很旺。每年春节、重阳、中秋或是观音菩萨的生日这种佛教节日，铮鸣寺里总是十分热闹。父亲和母亲曾是铮鸣寺的香客，而父亲更是铮鸣寺住持渡苦的好友。关于渡苦的传闻宋御棠也听父母说过，渡苦年轻的时候名声不好，后来一朝顿悟来到了铮鸣山上，做了当时铮鸣山住持的弟子，后来继承了他师傅的衣钵，成了现任铮鸣寺住持。

铮鸣寺不大，只有一座主殿和左右两座偏殿。寺庙的山门前有一棵几百年的榕树，宋御棠还记得小时候和宋奈跟着父母一起上山，她们两个嫌无聊，就在山门前的榕树下打闹玩耍。铮鸣寺后山上有一道瀑布，瀑布从山顶奔涌而下，汇成山涧，她们两个有时候还会跑到山涧边玩水，山泉水冰凉而晶莹，在满目的绿树中映着闪烁的阳光。不过那样的时光在宋御棠十二岁、宋奈九岁之后就再也没有了。

山门虚掩着，宋御棠轻轻推开沉重的木门，主殿的大门紧闭着，想来僧人们都去休息了。宋御棠看到偏院里透出灯光，她放轻脚步走过去，几个僧人正在一间屋子里吃晚饭，十分安静，坐在主位上的就是渡苦。宋御棠知道寺庙里的规矩，她不便出声打扰，便远远地在偏院的石门前等着。渡苦似乎比她印象中老了很多，他眉目低垂，双手捧着瓷碗，神色间有一种独属于僧人的悲悯。她和渡苦之间有一个秘密，连她的父母都不知道。

那是宋御棠十五岁那一年。夏天，滂沱大雨。宋御棠一身淋得十分狼狈，头发紧紧地贴着脸侧，还有雨水不时从身上滴落，浸湿了大雄宝殿里青灰色的石砖。她跪着蒲团上，望着释迦牟尼放声大哭。她还是个孩子，不会隐藏自己的情绪，不管平时表现得多么稳重，当真的受到委屈的时候，她还是没有办法控制自己。她哭得十分狼狈，穿过泪水，看着眼前的巨大佛像，在心里呐喊："为什么！为什么！我该怎么办！"可是佛祖依旧眉目低垂，大殿里回荡的只有她的哭声。

她哭累了，就跪坐在蒲团上发呆。殿外雨水如注，惊鸟铃在檐下被大风吹得摇摇欲坠，潮气从地面氤氲而起，顺着高高的门槛飘进殿内，宋御棠的双手冰凉，却毫无察觉。脊背隐隐作痛，那件薄薄的短袖衫遮挡不了她畸形的身体，但她只觉得自己十分轻松和快意，因为佛祖是不会笑话她的。

懦弱。她常常这么形容自己。

她想起自己冲出门时宋奈的哭喊声和母亲的怒骂声，宋奈跟着她冲进雨里，一边哭一边追她："姐姐回来！姐姐回来！"

可她只是冷冷地瞪了宋奈一眼，说："给我闭嘴！"

宋奈被吓得不敢吱声了，母亲跟在宋奈身后跑出来，一把拎起被淋成落汤鸡的宋奈，然后脚步匆匆地回去了。她看着她们消失在楼梯口的身影，觉得自己的心被愤怒、不甘、委屈淹没了。

她跌跌撞撞地往铮鸣山上跑，想，自己果然不喜欢宋奈，简直讨厌极了她。

雨一直在下，直到傍晚方歇。大殿里没有烛火，寂静无声,宋御棠听到殿外稀稀的人声,雨水混杂着泥土的潮腥气钻进她的鼻孔,她抬头看看大半身体都隐没进昏暗里的佛像,面庞模糊不清,廊檐下的惊鸟铃被风吹得晃动,发出岁月经久的沉钝之声。

"姑娘,雨后夜凉,先起来吧。"

彼时的渡苦不过四十出头,宋御棠回头去看,便看到了一个背着光的高大身影站在门口望着她。她鬼使神差地站起来,拖着僵硬的脚步走到渡苦面前,仰头望他,接着双手合十,微垂着头行了一个礼:"渡苦师父。"那是她的父母教给她的。每次父母带着她和宋奈上山礼佛,必要她和宋奈先向渡苦行过礼才可去玩耍。

天色渐晚,山林静寂。渡苦带着宋御棠去吃晚饭,想必是为了照顾她,饭桌上只有他们二人。她知道在寺庙吃饭的时候不能发出任何声音,所以她一直低着头往自己嘴里塞白粥。灯火如豆,一室昏黄,飞蛾扑棱着翅膀飞到灯旁,在木桌上投射下单薄的阴影。宋御棠的眼泪不知道怎么就又"啪嗒啪嗒"地掉下来,滚进她使劲吃都没吃下几口的粥里。

十几年过去,其实那天渡苦给她说了什么,她早已记不太清了。她只记得那时的渡苦是个十分温柔的人,他待她终于哭完后,收拾了桌子上的一片狼藉,然后给了她一只风铃。风铃在佛教中代表着警示、惊觉和祈福之意,她不知道渡苦为什么要给她一只看起来十分陈旧的铃铛,但她还是好好地收藏起来了,直到现在,会时不时拿出来看。

宋御棠其实很喜欢和渡苦待在一起，渡苦的身上有一种很特殊的感觉，能让她安心。但那天吃完饭，母亲就来山上接她回家了。她不情不愿，忸怩着不想走，渡苦是个寡言的人，她坐在一边听着母亲和渡苦说话，只觉得母亲的声音太吵了，那时候她想，母亲就不怕惊扰到殿内的神佛吗？但不管怎么样，还是要回家的，她觉得心里有股恐惧在抓挠着她，仿佛下山是多么可怕的事情。渡苦将她和母亲送到山门，她施礼向渡苦告别，抬头的时候，她望向渡苦那双古井无波的眼睛，想说什么，渡苦却率先开口："走吧，下山吧。"

宋御棠在回忆里转了一圈，惊奇地发现，自己对渡苦印象最深的，竟然是那天他穿的灰色僧袍。她不觉失笑，其实渡苦年轻的时候应该也是个美男子，毕竟自她对渡苦有印象时，渡苦在她心里就是个儒雅的老和尚。不过宋御棠偶尔也会想不明白，渡苦年轻的时候，怎么就是个赌徒呢？当时的渡苦又会是什么模样呢？不过好奇归好奇，这些她是无缘得知，也无缘得见了。

恰巧这时僧人们吃完饭，宋御棠抬脚朝着禅房走去，渡苦迎上来，她像小时候那样，将手里提着的袋子放到地上，双手合十向渡苦施礼，渡苦也以同礼还她。宋御棠记得，那一年她第一次在铮鸣寺吃饭就是在这间禅房。她打量着渡苦。渡苦确实是比十年前老了许多，不过身量依旧高挑，需要她仰着头去看。渡苦的眼角多了许多皱纹，眼睛凹陷，似是因为岁月变得更加深邃了。

"渡苦师父,您好像变老了。"

"皮囊不过是身外之物,宋施主,过分执着于皮囊,并非幸事。"

宋御棠说不出自己心里那种杂陈的情绪。她听出了渡苦的弦外之音,但并不解释,只是将心头的异样拂去,问道:"我妈妈呢?"

"令堂在闭关。"

"闭关?"宋御棠不知道妈妈又在搞什么。

"一月期限,修闭口禅,思过察己。宋施主不必打扰令堂了,令堂这一月是不会见人的。"

她跟着渡苦往外走,随口问道:"那她吃饭怎么办?"

"会有小沙弥送去。"

渡苦还是一如既往地惜字如金。冬天夜晚的山庙十分凄清,连虫鸣鸟叫都听不到。渡苦带着宋御棠停到一间禅房的门口,说:"令尊在这里。"他说完弯腰施礼就要离开。宋御棠却不知为何有些心慌,她在渡苦转身的时候连忙拽住渡苦的袖子,随后又讪讪地放开,道:"我……我还没吃晚饭。"

宋御棠怎么也想不到时隔多年之后,她还会和渡苦同桌吃饭,虽然只是她一个人在吃。他们又回到了那间屋子,把带来的老白干放在黑漆斑驳的木桌上,她用手指抠了抠桌子边缘翘起来的漆皮,问:"这还是当年那张桌子吗?"

"是的。"

她自己吃饭,不用遵守食不言的规矩,便有一搭没一搭地和渡苦聊着。

"渡苦师父,您当年给我的风铃我还留着。"

"我后来去做手术了,虽然手术不太成功,但我好像不太在意了。"

"人生难得糊涂啊,得过且过吧!"

"当年我爸说就把宋奈的骨灰放在寺庙里,但我妈不同意,非要办葬礼,但办了葬礼她也不去,有时候我真搞不懂她这个人。"

宋御棠沉默了。渡苦也沉默着。良久,他说:"宋施主,生老病死本是人间常事,你不必害怕。"

"不必害怕吗……"

宋御棠盯着瓷碗里的白粥出神,味道和她记忆里的很像。她觉得鼻头眼眶都酸涩让她不能自已,但人长大了,总是要学会如何控制住自己的情绪的。会哭的孩子有糖吃,但她不会,不会哭,也没有人给她糖。

"我不是害怕。"她抬起头来,盯着渡苦,忽然伸手攥住了渡苦放在桌上的手背。她十分用力,手背上青筋尽显,良久,她说:"我不是害怕,您明白的,我只是……我只是觉得……"终于还是忍不住哽咽了。

物是人非事事休,欲语泪先流。

觉得什么呢?万般情绪涌上心头,却一句话都说不出来。她松开手,提起桌子上的袋子,站起身来,冲渡苦说:"怎么也得再看看我爸,渡苦师父,我先去了。"

宋御棠倒了两杯酒。她挨着父亲的遗体席地而坐，一杯倒在地上，一杯自己喝了下去。父亲躺在她的身边，像在安睡，她又一次在心里唾弃自己的懦弱。禅房里铺着青石砖，其实非常凉。她的思绪在酒精的作用下变成了一匹脱缰的野马，肆无忌惮地闯进一片枯寂的荒原。她像是什么都没有看到，又像是什么都看到了，那些过往曾经鲜活如许，十年后却变成了一把把枯草。她觉得自己像是感冒了，脑子嗡嗡响，鼻孔里钻进去的空气也越来越少。她又给自己倒了一杯酒，一饮而尽。

酒再冷，也是热的。冷酒下肚，一把火从胸腹"呼"地烧起来，直烧到她的脑袋里。她晕乎乎地想，一把火烧了，全都清静了。她想在回忆的荒原里点一把火，把那些过往烧得干干净净，把那些羁绊烧得一点不剩。可她又觉得十分舍不得，人死如灯灭，可回忆永远不会死。她忽然想起了很多年很多年前的一天，那时的她尚且是个不知事的小女孩儿，父亲那天喝得微醺，对她说："爸爸昨天晚上梦到你长大了，嫁人了。"

"醒了心里就可难受了。"

"可谁家的孩子不会长大啊，一转眼我姑娘都这么大了。"

"长大了，有家了，就忘了爸爸妈妈了。"

那时候的她不懂。现在的她依旧不是太懂。

"爸，你看不到我结婚了。"

"你也不会伤心了。"

"对不起……"

宋御棠觉得自己的鼻尖冰凉，像打了霜。禅房的门轻响了一声，宋御棠转头看到渡苦手里搭着一件棉衣推门进来。宋御棠站起来，渡苦将手里的棉衣递给她："冬夜寒凉，宋施主保重身体。"

　　"这件衣服……"

　　"是令尊的。月初令尊来寺里捐献香油钱时遗落的。"

　　"这样啊。"

　　"今夜我要为令尊念往生咒，宋施主自便吧。"

　　渡苦说完便在屋内的蒲团上坐下，不再管宋御棠。宋御棠在屋里唯一一把椅子上坐下，将棉衣盖在身上。她本想和渡苦一起守夜，却最终在渡苦若有若无的念经声中沉沉睡去。

　　梦里有许多模糊的光影。纷乱的脚步声响在耳边，她和母亲接到医院打来的电话，匆匆赶去抢救室。宋奈就躺在其中一张病床上，身体被白布掩盖。医生说什么她忘记了，她的耳边全是嘈杂的哭声。有一个吞药自杀的女孩被家属送来洗胃，她的家人一直在哭喊、吵闹、怒骂。宋御棠一直都觉得，那天看到宋奈时隐藏在悲伤之后的那一缕轻松是不可原谅的，她看向那个蹲在两张病床间、靠墙痛哭的孩子，那个梁诺寻找了十年的孩子。

　　我是不是也该这样哭？你看她都哭得这么伤心。她觉得自己从这个世界抽离了，大脑无法指挥她的身体继续做出下一步反应，鬼使神差地想起十五岁时那个跪在佛前痛哭的雨天，她质问佛，为什么。各人有各人的缘法，各人有各人的离合。可惜连老天爷都看不过世间有宋奈这么完美的人，要收回她的命数。她看着母亲悲痛欲绝的样子，想问问她后悔吗，想问问她痛心吗，想问问她甘心吗，那可是你最引以为傲的孩子啊。

连我都觉得不忍心啊。

宋御棠竟然就这么歪着在椅子上睡了一整夜。第二天天气晴朗，她眯着眼看山寺里跳动着灰尘的阳光，在阳光里，她好像看到父亲牵着宋奈的手，宋奈在朝她笑："姐姐，我们先走啦！"

宋御棠觉得疑惑。明明父亲对这个小女儿感情淡薄，明明宋奈在十岁之后就再也没有这么朝她笑过。宋奈巴掌大的小脸在清晨的阳光里显得格外通透白皙，她挽着父亲的胳膊，言笑晏晏、眉眼弯弯，和那个躺在病床上脸色青紫、嘴唇灰白的女孩子判若两人。宋御棠竟然有一瞬间的释然，她想，这才是宋奈啊，宋奈就该永远站在阳光下，享受着别人惊讶、艳羡、嫉妒或是阴暗的目光。

宋御棠从木椅上站起来，棉衣掉落在地上。她向着他们离开的方向走了两步，说："小奈，你们走慢一点。等等我和妈妈吧！"

宋奈依旧笑着看她，眼睛弯成月牙。她忽然想起宋奈生前见她的最后一面，那时候宋奈已经一个星期没回家了。她因为早恋和母亲生气，一直躲在那个叫梁今欢的小孩家里。她去找宋奈，却被宋奈不耐烦地推了出去。

这是我的事情，关你什么事啊！

可是……妈妈她很担心你啊。

你快走吧,以后我的事你少管!我不喜欢你!

小奈……小奈!

铁门"咣当"一声关了起来,惊起了一层跳动的尘埃。

"小奈,你以后脾气能不能好一点呀?"当年那句没说出口的话终于说出来了,可是宋御棠话音刚落,就又被一声什么东西"咣当"落地的声音打断了。

这次她终于彻底醒了过来,没有什么阳光,也没有什么宋奈和父亲。云气依旧低垂着,北风从山林间呼啸而过的声音清晰可闻,父亲还躺在那里,而渡苦却已不知去向。

原来还是大梦一场。

宋御棠觉得有点失望。她掏出手机看看时间,早上七点。习惯性地点开微信,点进朋友圈,她看到梁诺发了两张照片。一张是巍山蓝得透明的天空,一张是一个精致的女孩木雕。宋御棠不由自主地放大了手里的照片,很漂亮的一个女孩,雕刻得十分传神。她欣赏了片刻,想,梁诺的技术还不错啊。或许以后可以请他雕个宋奈出来。

梁诺自然不知道宋御棠的想法。上午九十点钟的光景,梁诺坐在木雕店里,静静地看着对面哭得泣不成声的女孩子。青葙捧着梁诺在一月之后交给她的木雕,一双细长的眼睛像水漫金山般迅速被眼泪占满了。因为哭泣,青葙的鼻尖也变得红红的,一张姣好的面容白中透粉,眼泪像断线的珠子从脸庞上滑落,留下湿湿的泪痕,真有一番"梨花一枝春带雨"的韵味。

食色，性也，梁诺自认为不是什么正人君子，眼前一副美人泣泪图他看得津津有味，但也不好一直让人这么哭下去。

"姐姐，我好想你。"青葙将不大的木雕抱在心口，喃喃自语。

梁诺递给青葙一包纸巾，青葙不好意思地接过，低头擦了擦眼泪。连绵一月有余的冬雨今日终于停了，巍山的阳光终于在云层后头重见天日。此时正是上午阳光开始明媚起来的时候，木雕店里一室光亮，青葙和梁诺刚好坐在阳光可以照到的地方，梁诺只觉得自己整个人都被阳光晒得暖融融起来。不过，巍山这种地方，有阳光一切好说，可就算晴天，在阴影里待一会儿还是会觉得遍体生寒。

"谢谢你，梁大哥。"青葙向梁诺道谢，那日青葙第一次来店里以后，后来又来过好几次，两人早就熟稔起来，相处着也就没那么拘束了。

不过，梁诺还是觉得青葙这个姑娘身上有一团谜一样的光影。青葙想要木雕，那日梁诺回去之后将这件事告诉了老头儿，他听了后，说："青葙啊，那个姑娘我知道，城北沈长家的，就是那家文艺得不行的旅馆。"

梁诺说："那个姑娘挺可怜的，年纪轻轻亲人就都不在了，孤苦伶仃一个人支撑一家旅馆。"

老头儿眼眉一皱："她老爸还活得好好的啊，怎么就孤苦伶仃啦？"

梁诺说："可是她说她爸爸已经去世了啊。"

老头儿想了想，没再说什么，将木雕这事交给了梁诺。片刻后又想起来什么，顺嘴问了梁诺一句青葙要雕什么，还说都是熟人家的孩子让梁诺给她打个折，梁诺将青葙和她姐姐的事告诉老头儿，老头儿听了，更加疑惑不解："她什么时候有个姐姐了？姐姐还死了，这姑娘不会得癔症了吧？"

"哎哎哎，您老别乱说，说不清人家是有什么难言之隐呢。"梁诺连忙打断了老头儿，虽然他自己也觉得疑惑和不解。

今日青葙来取木雕，梁诺也没打算细问，但他倒是有另外一件事要问青葙，毕竟青葙家里开着旅店，见过的人多。他若有所思地看了一眼木雕，看青葙完全没有发现什么不对劲的样子，便将手机里梁今欢的照片调出来，推到了青葙面前。他已经十年没见过梁今欢了，手机里保存的还是十年前用翻盖手机拍的照片，像素很低。照片是十年前的梁诺和梁今欢，那天是梁诺大学开学的日子，梁诺搂着梁今欢的肩膀，两人一起留下了这张照片。

"在家要听奶奶的话，等哥放假回来带你去溜冰。"梁诺摸着梁今欢的脑袋，不放心地叮嘱着，"你还要好好吃饭，不准挑食，你看看你瘦的。"

梁今欢听话地点头："哥哥你一定要记得常常给家里打电话呀，我也会好好学习的，你放心吧。"

彼时的梁今欢正在读高二，而梁诺已经大三了。梁诺平时去上学，最放心不下的就是这个从小内向沉默的妹妹，他还记得梁今欢八九岁那一年,有一次他回到家,看到她趴在沙发上抹眼泪,这个小丫头,就算受了委屈,也不敢大声哭出来,只敢自己偷偷掉眼泪。梁诺心疼得不行,他抱起梁今欢,柔声问她:"欢欢怎么了?有人欺负你了?"

一开始梁今欢不肯说,在梁诺的逼问下她才弱弱地开口:"哥哥我心里难受。"

"我的同学,他们说我去给他们买东西他们就带我玩,可是我买回来了他们却不满意,一直埋怨我,也不和我玩了。"

"他们怎么能这么欺负你!"

"这就是欺负吗?"梁今欢泪眼蒙眬,愣愣地看着梁诺:"我以为他们只是不喜欢我。哥哥,我真的很让人讨厌吗?"

"谁说的……"梁诺抱紧了当年那个脸上还带着婴儿肥,连什么是"欺负"都不知道的小女孩。可当年的他也不过十几岁,正是只会横冲直撞的年纪,直到很多年过去,梁诺每每想起当年的自己,都会觉得有一种要窒息的无力感。

那年没等到学期末,梁诺就接到了奶奶打来的电话,说欢欢丢了。等他回到家问清楚,知道是梁今欢的好朋友溺水身亡之后,梁今欢才消失的,他的心霎时就凉了半截。转眼十年过去,奶奶也去世了,可他还是没能找到梁今欢,直到数月前宋御棠联系他,说梁今欢可能在巍山,他才千里迢迢来到了这个西南小城。

"梁大哥,你的照片太不清楚了,不过我觉得这个女孩子有点眼熟,她长得很像巍山剧团的一个女演员,不过那个女演员叫宋晓奈,在巍山不太出名,我也是有一次有事去剧团才知道的。"青莳打量了一会儿照片后,才不确定地说道。

"宋晓奈……宋奈……"梁诺咀嚼着这两个名字,他很久没有那种心脏剧烈跳动的感觉了,不过他还是勉强维持着表面的平静,问:"巍山剧团?青莳你可以带我去吗?"

"当然可以啊,不过巍山剧团好像几个月之前就去巡回演出了,我也不知道他们什么时候回来。"

梁诺经受过太多次希望之后的失望,当初来巍山找人并不着急的原因也是他本来就没抱多大希望,所以才慢悠悠地找了一个月。十年了,他早已习惯了那种希望落空的感觉了,也已经做好了以后再也见不到梁今欢的准备,所以他来巍山,一半是为了找人,另一半则是为了找找灵感。但是现在忽然又有了希望,他说不出自己是种怎样的心情,只是和青莳约定好了,如果巍山剧团的人回来,就带他过去看看,就把青莳送走了。

第三章

宋御棠短暂的一生中经手过两个葬礼，一个是妹妹的，一个是父亲的，妹妹年少夭折，父亲英年早逝，似乎，都不是什么吉利的事情。生老病死本是人间常事，她有时候也会这么想，要说有多伤心，她倒没有，她只是觉得自己不过是从一个梦里醒来，再进入另一个梦里罢了。那她这一生中，有清醒的时候吗？

母亲常常说她不像是阳城长大的女孩子，说宋奈也不像。阳城的女人抽烟、喝酒，大大咧咧、性格豪爽，一个人能顶起半边天。而她呢，除了后来慢慢学会了抽烟喝酒，能在酒桌上给父辈敬上几杯外，性格似乎一直没什么大的改变。沉默内向，不善交际，遇到事情总是想着往后退，用母亲的话说，就是"没一点儿闯劲，出不了台"。

她其实不愿意承认母亲说的是对的，她想起她小学的一节音乐课，老师说谁愿意上台表演节目就奖励一朵小红花，她想去，可她不敢。她把手放在腰间，做出举手的姿势，没想到被老师看到了，老师善解人意地邀请她上台，而她却在全班同学的注视下低下了头。她记得最后老师尴尬地笑了，但还是给了她一朵小红花。可她不喜欢，她看到那朵小红花就觉得难受，可她也不愿意丢掉它，于是那朵小红花一直被她放在自己的抽屉里。

她年少的时候常常为此烦恼，她害怕让母亲失望，但在母亲的逼迫下去做那些她不愿意的事情，她亦觉得煎熬。宋御棠一直觉得自己是个喜欢回忆的人，可停留在她回忆里的那些画面大多不怎么美好。譬如那个音乐老师，在全班排练合唱节目的时候因为队形不整齐而把她剔除出去；譬如她听母亲的话，努力去交际，却在人群中偷偷揉着自己笑得僵硬的面颊；又譬如终于有人愿意和她一起玩的时候，她因为自行车骑得慢而被所有人远远落在后面，他们忘记了她。宋御棠叹了一口气，心想，真的不是很美好啊，可偏偏又不太想忘掉，仿佛忘掉它们就是丢失了自己身体里最重要的一部分。她记得在那个被所有人遗忘的下午，她看着天边将落的夕阳，伸手抹了一把满头的汗，终于下定了决心，她想，算了，追不上就别追了吧。

于是在铮鸣寺的时光成了她为数不多"清清醒醒"的时间。十五岁那年的雨天过后，她便时不时往铮鸣山上跑。若非重大节日，铮鸣寺里人很少，且没人管她没人看她，她可以坐在大殿前的石阶上发呆发上一个下午，也可以混在僧人里听渡苦讲经。那时候她想，不用开口说话，真是世界上最美好的一件事了。她喜欢听渡苦讲经，彼时的渡苦四十岁左右，瘦高，说出来的话也清清朗朗，像是铮鸣寺后山的山溪，仿佛那股清凉劲儿可以透到人的心里。

"佛是什么呢？我不信佛，佛不会将我变得正常，也不会把我带到一个没有任何人会注意到我的世界。太空了，我不懂，我听您讲了那么多，我还是不懂。人们为什么要信佛呢？佛根本帮不了他们啊。"

她记得渡苦一向古井无波的眼睛在听完她的话后变得十分悲悯。那是个很复杂的眼神，直到很多年后她才明白过来，渡苦在怜悯她，也在为她感到悲哀。

渡苦静静注视了她很久，然后说："佛是空。"

空。这个字她琢磨了很多年，依旧没能琢磨透。那天她在父亲的遗体边醒来，看着父亲安睡的遗颜，莫名就想到了很多年前的那一天。她问自己，这就是空吗，好像也不是。可是人死灯灭，前尘尽散，还不算空吗？八点的时候，殡仪馆的工作人员准时来到铮鸣寺，将父亲接下了山。宋御棠再次做了葬礼的主理人，渡苦也跟着下去了，那天宋御棠跟在渡苦的身后下山，看着他即便是穿上冬衣依旧清瘦的背影，想，他果然老了啊。

父亲和大伯一家虽是至亲兄弟，但家家有本难念的经，伯父一家只来露个脸，并且愿意帮助宋御棠在她和母亲还未归家的时候照顾一二，就已经让宋御棠很感激了。忙忙碌碌一天，终于将丧事办清。宋御棠将父亲的骨灰盒交给渡苦，拜托渡苦带回铮鸣寺，那是父亲的心愿，他曾告诉渡苦他这一生做了很多愧事，希望渡苦能在他死后收留他的骨灰。虽然这只是父亲和渡苦聊天时的一句玩笑话，但是被渡苦悉心记下了。走到铮鸣山山脚下，黄昏已经从远处席卷而来，宋御棠拜别渡苦，独自一人回了家。

空，还是空。宋御棠一直以为，心里空荡荡的时候是不会流泪的，可是心脏塌下去一块儿的感觉让她难以自持，从收到父亲去世的消息一直到今天，她的眼泪终于流了下来。她忍不住哭出声，好像心中的苦痛必须经由声音才能发泄出来，可是，她问自己，她是为谁在哭呢？哭得如此空虚、痛苦。如若一切皆空，哭还是有意义的吗？可她控制不住自己，直到再也哭不出来，直到堵在心头的那股躁郁散去，她才从床上爬起来，整理了一头凌乱的长发，为自己煮了一碗面条。

今天是她的生日，没有人记得。生活好像一个圈，有人死亡，就有人出生，这个世界不管少了谁，依旧是一个完整的圆。她味同嚼蜡地吃完一碗面条，点了一根烟，坐在窗边的沙发上看天上弯弯的月牙儿。人有悲欢离合，月有阴晴圆缺，今天的月亮有多弯，若干天之后的月亮就有多满。手机响了一声，是梁诺说有梁今欢的消息了，顺便问她是怎么确定梁今欢在巍山的。宋御棠在相册里翻了翻，选了几张照片发过去。那是宋奈社交软件的聊天框截图，那是叫梁今欢的女孩子努力幻想着十年里宋奈的生活和成长，并用这种方式永远记住了她。宋御棠在烟灰缸边弹弹烟灰，她漫不经心地想，或许等母亲回来了，她们是时候去看看宋奈了。

　　梁诺靠在床边，将宋御棠发来的图片放大。是今欢发给宋奈的消息，最近的一条是在几个月前，她说她来巍山生活很长一段时间了，说巍山是一个很美的小城，也说她在尽力去做着宋奈想做的事情。宋奈是想做一个演员吗，梁诺不着边际地想着，听说那个小姑娘很漂亮，去做演员也有资本。此时已经晚上十一点了，他今晚陪老头儿喝了点酒，一不小心喝多了，可偏偏睡意全无，只好靠着床头慢慢醒酒。天很冷，梁诺却将窗子打开了一条缝，冬夜里清冽的风吹在他脸上，让他觉得格外舒服。他闭着眼睛，不由得又想起梁今欢来。梁诺不禁失笑，来巍山的这段时间，可是比过去好几年他想起梁今欢的时间都多。

　　巍山的夜晚像是神女的梦境，静谧而悠然。梁诺觉得，巍山的安静是从骨子里透出来的，是无论多大的喧哗嘈杂都无法搅乱的一湖春水，永远在微风里荡漾着微微的波纹。巍山当地有一座神庙，供奉的便是当地人信奉的保护神龙女，梁诺曾在龙女庙里见过龙女的雕像，他只知龙女是哑女，是拯救村庄人民的英雄，其他的便一概不知了。不过，龙女虽名龙女，雕像的躯体上盘桓的却是一条巨蛇。今夜想起来，他忽然来了兴致，拿出画纸和笔，将那座雕像草草画了下来，画完之后，他看着缠绕着龙女枭娜躯体的那条蛇，想，"蛇"这种东西，能代表的东西太多了。他只有稍纵即逝的一缕灵感，只能将带给他灵感的东西草草画下来，想着日后再进一步勾勒完善。

眼睛干涩，却依旧毫无睡意。梁诺躺在床上，只留了床边一盏昏黄的小夜灯，准备酝酿一下睡意。这时窗外却忽然传来一阵悠扬的笛音，听到第一个音符的时候，梁诺就听出来了，是老头儿又在吹《梦华枕眠录》。他不由得在心里哀号一声，想老头儿这是不准备叫他睡了。他在床上翻来覆去，却依旧压不下被笛声勾起来的那一缕烦躁，索性不睡了，披上大衣，趿拉着拖鞋，来到了院子里。

"李爷爷，怎么您还没睡呢？"

"呦，你也没睡呀！"老头儿呵呵一笑。

梁诺拖拉来一张椅子，坐在老头儿身边，月亮冷冰冰的，连洒下来的光都带着霜白。

"睡着了也得给您吹醒。"

"那你这睡眠质量不行啊，我像你这么年轻的时候，睡着了那可真是酣睡如泥，叫我都醒不了。"

梁诺短促地笑了一下，他靠着椅子背，百无聊赖地抬头看着夜空。或许是地处高原，即便是深夜，天上的云朵也清晰可见，给人一种恍惚而别致的感觉。老头儿又将笛子送到嘴边，还是那首《梦华枕眠录》，只是今夜的乐曲似乎带上了一丝别的色彩，有点……寂寞。梁诺一直觉得，这首曲子的底色是寂寞的，纷纷扰扰上演一场大戏，然曲终人散，又怎能叫人不寂寞呢？老头儿似乎不嫌累一样，不厌其烦地吹了一遍又一遍，梁诺竟也不觉得吵闹了，只静静地听着。直到老头儿终于停了，两人在月色中静默坐着，良久，才开始闲聊。

"我妹妹也会吹这首曲子，不过她很笨，能完整吹下来的只有这一首。"

"你还有个妹妹呢？"

"嗯。不过……丢了。有十年没见了。"

"怎么回事？"

"我也不是太清楚，我来巍山就是为了找她。"

老头儿拍了拍梁诺的肩膀，感叹道："人这一生啊，悲欢离合。也说不清会发生点什么事，也许上一分钟人还在你眼前呢，下一分钟人就不见了。都说这离合悲欢、生死病老是人间常事，可是又怎么能叫人坦然接受嘛！"

梁诺点头，无声感叹，这世上多的是猝不及防的离别和永不再见的思念。

"人这一辈子，能活明白不容易。你看我，一把年纪了，还是活不明白。"

梁诺讶然。老头儿笑了两声，月光像霜花一样散在他苍老的脸上，填满了那一条条、一道道岁月经久的沟壑。

"很多年前，巍山爆发过一次罕见的山洪。那时候我比现在的你还要小上几岁，二十出头。那一年，巍山连着下了好几个月的雨，虽然不算大，但也经不住一个月一个月地下。那场雨，巍山人心惶惶，都说是天降邪雨，是灾祸的象征。其实哪有那么多神神道道的事，巍山四面环山，山体滑坡泥石流这种事本就常见，再加上几十年前没有如今这么好的防护措施，每年都有人死在天灾里。那雨下着下着，山洪就来了，到底是怎么个场景我也没见，因为我那时刚好不在巍山，都是后来听人说的……

"那一年死了很多人。山洪过后，雨水停了，巍山城湿淋淋地矗立在群山中，狼狈得宛如刚被洗劫过的样子，房屋坍塌，道路损毁，许多人一生的积蓄努力瞬间化作泡影，也有更多的人，在那场天灾中失去了性命。我还算幸运，父母尚且苟活，可是，婉宁却死在了那场灾难里。是，她是叫婉宁，这么多年过去，我都快记不清她长什么样了，就生怕一天老似一天，把她的名字也给忘了。我不能忘啊，忘了就什么都没有了。

"我这一辈子都没放下过。可我也不知道怪谁，我不敢怪老天爷，它至少把我的父母留下了，可我还是想怪它，婉宁那么好的一个姑娘，人生还没开始呢，就结束了，这得多不甘心啊，我替她不甘心！后来，年岁越来越长，我也想明白了点，人各有命罢了。有的人，就是一辈子都得在人世里摸爬滚打，受尽苦楚。而有的人，老天爷怜惜，早早地将他们收了回去，不忍他们受尽磨难，又何尝不是一种福气。"

老头儿说到这里，沉默了，直到很久之后才再度开口。

"可我就是想啊，我想她，想得抓心挠肺的，就是见不到。今天是婉宁的生日，我又难受起来了，这不睡不着，就起来吹笛子。"他说到这里，忽然神神秘秘地将梁诺往自己这里拉了一下，说："我告诉你个秘密。"

梁诺疑惑转头，只见老头儿一脸郑重地说："我也只会这么一首曲子，早吹腻歪了，可年纪大了，又学不会别的，小梁啊，你将就将就吧！"

本来很凝重的气氛，梁诺听到老头儿这么说，忍不住笑了出来。老头儿也笑了出来，笑完了，脸上依旧还带着那么点儿笑意，说："其实我也不是爱听杜丽娘，我是爱听爱情，不管是啥，只要是讲爱情的，我都能来来回回听上好几遍，等过几天，我就要开始听《长生殿》喽！"

梁诺怎么也想不到老头儿听《牡丹亭》的原因竟是这个，不过背后有多少辛酸苦楚，谁能说得清呢。他又想起戏里说的"生者可以死，死者可以生"，杜丽娘都能还魂，为什么老头儿的心上人却不能呢？想来，他还是心有不甘的，虽说人生如戏，可人生终究不是戏啊。夜已经越来越深了，老头儿嘱咐梁诺明天早上起来的时候多穿点，后半夜要闹天儿，就拎着笛子悠哉悠哉地回去睡觉了。梁诺抬头看看天上一汪泉水般的月亮，似乎都被刚起的风给吹出皱纹来了，摇摇曳曳的，好多情又好冷清。他也伸了个懒腰，打了个哈欠，拎起椅子，趿拉着凉拖回到了卧室。那张草草画下的稿子还在桌子上摆着，梁诺站在桌前沉思片刻，提起画笔又填了两笔，然后关了灯往床上一扑，待躺好后把眼罩从额头上拉下来，将自己整个人都沉入了水一般的黑暗中。

第二天果然是个阴天。因着前一天睡得晚了，第二天梁诺醒来的时候将近十点了。他起床洗了把脸，出了屋子就看到老头儿穿着工作服在锯木头，他打了声招呼，就准备去阳溪街开店,被老头儿叫住:"早饭还在桌子上,吃了再去!"

"好嘞!李爷爷!"

梁诺去屋子里拿了俩破酥包,一个嘴里叼着,一个手里拿着,边走边吃,等到了店门口,刚刚好吞下最后一口包子。今天是星期天,所以阳溪街上的人较平常更多一点,但是让梁诺惊讶的是,对门陈哥儿的水果店竟然没开门。他开了店门,走进去把昨晚画的草稿放在工作台上,又去陈哥儿水果店的邻居那里问了一句:"陈哥儿今天还没来吗?"

邻居是个卖扎染布料的小姑娘,听到梁诺问她,连忙从收银台后面露出脸来:"是呀,他今天还没来呢。"

梁诺点头就要往回走,忽然看到店里的衣架上挂着一件扎染旗袍,蓝白相间的料子,画着一枝淡蓝的梅花。梁诺不知道为什么就被那件衣服吸引了目光,他走到衣架前定定看了半响,然后问店主:"这件衣服帮我装起来吧。"

"好呀!"小姑娘很开心,连忙站起来给梁诺找服装袋,将衣服装了起来。

梁诺结过账,提着袋子回到店里。店里有位客人在等着取货,看到梁诺回来,很热情地打招呼:"哎呀你可总算回来啦!我等得花都谢了!"

梁诺扑哧一声笑了出来,心想,这是几百年前的老土玩笑了,这哥们儿平时肯定没少打手机斗地主。

"货号给我,我去给你拿货。"

客人将一张纸条给了梁诺,趁着梁诺找东西的空当,和梁诺搭话:"小老板你是北方人吧。"

"嗯啊。"梁诺应了一声。客人要取的是一个月前预订的一把木吉他。当然这吉他只是个样儿,并不能弹,不过吉他做得很漂亮,深棕色实木的,琴弦的部分用一朵硕大的复古红色雕花替代,看起来十分具有异域风情。梁诺将吉他交给客人,客人赞叹一声,说下次要雕个什么东西还来找梁诺,道过谢后就离去了。

梁诺将工作台上的画稿拿到会客区,从小桌底下掏出纸笔就开始重新描画。蛇,他皱着眉头思索着,蛇代表什么呢,人内心隐晦而瑰丽的欲望,它的色彩应当是光怪陆离且杂乱大胆的。那么……梁诺先是在纸上画下一条游弋弯曲着的巨蛇,因为缺乏材料,他没有上色,只是用笔勾勒了细节,然后他在巨蛇双眼朝向的地方画了一个用碎片拼接而成的少女,少女颇具神性,双眼微阖,眉目低垂,似乎在看着她脚下的巨蛇。

梁诺看着这幅画,觉得还是缺点什么,他想了片刻,又在蛇身所有弯曲的地方分别画了八个神色形态各异的女孩,分别代表着生、老、病、死、爱别离、怨憎会、求不得、不欲临。

终于画完了,梁诺看着这幅因为又加上了八个女孩而重新改动的画稿,长舒了一口气,抹了一把脑门上并不存在的汗。虽然这幅画的灵感来自巍山龙女的故事,但是画到最后已经和龙女没什么关系了。中午,老头儿提着菜来店里做饭,梁诺将画稿交给他,问他能不能雕出来,老头儿皱眉看了半天,然后说:"你这工程量可不小啊!你是想要圆雕还是浮雕?"

"您觉得是圆雕合适还是浮雕合适？"

"浮雕呢，一块木头整幅画肯定能一下雕下来。不过圆雕，这人物和蛇的连接得好好思考一下，比如做个榫卯，连接在一起。除了这个，你看这画里的镜子用什么工艺表现出来也是个麻烦事。还有这个小姑娘背上的翅膀，你是想要全木的呢，还是再加上点别的材料？"

"嗯……"梁诺思考了一下："要全木的吧，李爷爷，咱们就做浮雕吧！"

"浮雕也行，到时候尽量多做深雕，不过我还得想想最外面那个小女孩身上的裂纹怎么弄。"

"李爷爷您帮我做？"

"对啊，不然就你这半吊子功夫能做得出来？"老头儿取笑他，末了又说，"明天跟着我去仓库里选木头，我那还有好几块风干好的好木头，给你用！"

"好嘞！谢谢李爷爷！"

老头儿呵呵地笑，又说："那你得抓紧时间重新打个样出来，我估摸着啊，你这幅雕出来肯定不小，然后你看，主题人物偏多，你记得要严格按照七头身来画草稿，还有，"老头儿指着画稿上穿露背长裙的少女说，"这里裙子要拖长一点，不然到时候雕出来神态不好。既然要做浮雕，那你肯定要重新画一些背景，比如花草啦这些，这样才是一幅完整的图案。"

"嗯！"梁诺点头，"还有什么要注意的吗？"

"暂时没有了，等你画出来了咱们再讨论。"

关于浮雕的话题到此就暂时结束了，午饭过后，老头儿就回了天工坊。梁诺往外瞅了一眼陈哥儿的水果店，还是门窗紧闭，门上那把长锁生着红锈，看起来冷冰冰的。梁诺也不怎么在意，想着陈哥儿应该是有事，才没来开店，不过阴着天没陈哥儿的炭盆，还是有点难熬。上午全神贯注地画画，下午没事可做就发觉出冷来了（手里没有尺寸大的纸张了，要等回了天工坊才可以打样）。

好在他无所事事地在店里转了两圈后青葙就来了。青葙提了两杯果茶，递给梁诺一杯后就坐了下来，也不说话，就在那里叼着吸管发呆。梁诺觉得青葙是个很有趣的姑娘，但更多的，他觉得青葙永远沉浸在自己的世界里，以至于她的行为有时候显得奇怪。就譬如现在，青葙来到木雕店，却一句话都不和梁诺说，只自顾自地坐在椅子上喝茶。梁诺手里的果茶是热的，他喝了一口，带着一股梅子味，又酸又涩，同时还有一股玫瑰花的香气，倒也不算太难喝。

他坐到青葙的对面，点了点桌子，吸引青葙抬起头来看向他："青葙，今天来有什么事吗？"

"啊……梁大哥！"青葙瞳孔的颜色很浅，所以她看人的时候总带着一种微凉的空洞感，她像是才想起是来找梁诺的，"巍山剧团下周日就回来了，到时候我带你去。"

"好，谢谢青葙了。"

"不客气。"青葙薄薄的嘴唇抿出一个很浅的笑，因为动作，嘴唇染上了些许粉红，看着比往常更有些生气。青葙又低下头叼着吸管喝果茶，梁诺也不出声打扰她，只是坐在她对面，偶尔翻翻手机。梁诺之前就觉得，青葙的身上像蒙着一层雾气，给人一种虚幻且遥远的感觉。今日的她更甚，她的目光落在桌子上的某个点，可以半天不动弹一下。她的脸庞较往日更白，却不是苍白，而是有些透明。梁诺忽然想，这个姑娘很像月亮，不过不是天上的，而是水里的，仿佛一点动作都可以把她碰碎一样，只是一个冰凉的幻影。

"梁大哥，我找到能找到自己的方法了！"青葙忽然开口，倒吓了正盯着她走神的梁诺一跳。

"嗯？什么？"

"我找到能重新掌控自己的方法了，不过这是个秘密哦！"青葙神神秘秘的，看起来有一种别样的可爱。

"是秘密呀，那我就无缘得知啦。"梁诺半开玩笑。

"等我实践成功后会告诉你的！"青葙狡黠一笑。每当她露出这种表情时，梁诺都会觉得很奇怪，仿佛这种表情不该出现在青葙脸上一样。

"好呀！"梁诺点头。

得知巍山剧团回来的具体时间后，梁诺反而出奇平静。他解释不清自己生出这种心理的缘由，不过倒是真的有一种由内而外轻松的感觉，这种感觉很多年没有了。

"梁大哥找的是什么人呢？"青葙问。

"哦，是我妹妹。"

"妹妹呀，有兄弟姐妹真的很幸福呢。"

"是啊！可我十年没见到她了。小丫头太倔了，平时看着不声不响的，没想到真能忍心十年都不回家看一眼。"

青葙没有多问，她是个很有礼貌的姑娘，对于那些她觉得不适合问出口的东西，她从来不会多一句嘴。两个人就这么面对面喝着果茶，在阳溪街上其他店铺放的音乐中度过了一整个下午。

第四章

　　往年的阳城从一入冬就开始下雪，整个冬天都会被大雪覆盖。许是前些年的雪下得太多了，老天爷布兜里没了存粮，今年的雪下得不大，甚至有点敷衍，零星一两场，能见着点儿白就算过去了。这样的阳城对宋御棠来说有点陌生。她印象中阳城的冬天是漫长而寒冷的，仿佛整整一年，有一半都浪费在了茫茫雪海里。而对于梁诺来说呢，阳城虽是他的故乡，但他一年到头也不一定能回来两次，他对这个故乡的感情实在淡薄，所以也谈不上陌生还是不陌生，只是时刻记得阳城的雪下得很大就是了。

　　母亲还待在铮鸣寺里，至少要再过半个月才会回来。伯父在宋御棠母女回阳城之前给她家交了取暖费，所以不管怎么说，她还是要谢谢伯父一家。这些天独自一人待在这个阔别了十余年的家里，宋御棠其实不太开心。她每天晚上都会早早地钻进自己以前的卧室，拉好窗帘，锁好卧室门，便窝在被子里不肯出来。倒不是说害怕，她没什么害怕的，她只是觉得这个家一到晚上就空旷得让她心慌，仿佛有什么怪物在虎视眈眈地盯着她一样。

但同时，她又感受到了久违的自由。自从和母亲搬离阳城，往后的十年里，她都和母亲睡同一间卧室，同一张床。已经成年的女儿还和妈妈睡在一起，虽然并没有太大不妥，但是没有自己的私人空间，总归是不太舒服的。但母亲不同意她将卧室搬出去，在一些不触及底线的问题上，不管宋御棠多么不愿，她还是不会反驳母亲的。毕竟，她想，她也是个可怜的女人，丈夫出轨，还搬空了家里大半的积蓄，而小女儿一朵出水芙蓉却早早夭折，这种事放在谁身上，都不一定能接受得了。

欲望是个不知羞的坏东西，宋御棠想。她不知道自己的脑子里怎么就忽然冒出了这个想法，但她觉得，这个世界上所有的坏事，大抵都是由欲望带来的。可人活着，怎么能没有欲望呢，即便是像她这种对金钱对权力没什么追求的人，也有很多隐秘的欲望。宋御棠的房间里摆着一张宋奈的照片。很多年前，她们住在一间很大的卧室里，挤在一张不算宽阔的双人床上。那时候宋奈的身体已经像春天的小树苗一样，开始抽条、发芽。因为都是女孩子，换衣打扮皆不避讳，每当这时，宋御棠的眼睛就总忍不住瞟到宋奈的身上。

她一直以为自己隐藏得很好。直到一日在饭桌上，宋奈撒娇一般对母亲说："妈妈我不要和姐姐住一起了，她老偷看我换衣服！"

宋御棠的脸涨得通红，她连连摆手："我没有！你瞎说什么！我干吗看你换衣服？"

此时父亲也插嘴道："嫌你姐看你，你可别当着她的面换衣服啊，她又不瞎。"

父亲的话语不太客气，宋御棠嘟囔了一句"就是啊"，然后看到宋奈噘着嘴低下头去，继续闷闷不乐地扒饭。许是孩子长大了，有了羞耻心，即便是自己的姐姐也会觉得不好意思。后来在宋奈的强烈要求下，母亲还是答应将她们的卧室隔开了。不过这样一来，一间卧室就没有了窗户，宋御棠主动选了那间没有窗户、即便是白日里依旧昏暗的卧室。那时候宋御棠想，刚发芽的小树苗是需要阳光滋养的，不管怎么样，她都希望宋奈可以好好成长。

照片是宋奈去世之前不久拍的，那是她们为数不多能好好相处的时光。宋奈脾气不好，尤其是在进入青春期后，姐妹俩之间的相处大都是被吵架怒骂和彼此无视充斥。那天是星期天，宋奈预约了一家摄影工作室，想要宋御棠陪她去拍写真，宋御棠去了。那间工作室不大，宋御棠在沙发上等着宋奈化妆、拍照，百无聊赖地看着不时从暗房中露出的闪光灯的亮光。然后她们依偎在一起，决定留下哪些照片，去掉哪些照片。后来宋御棠总是不时回想那天的情景，想，若是她们之间永远那么相处，一定是世界上最和谐幸福的一对姐妹。

这个世界上的感情太复杂，即便是亲情，其平静的表面下依然暗藏着许多波涛汹涌。不过有的家庭很幸运，能带着对彼此的恨意和不甘继续生活下去，而有的家庭却很不幸，那些波浪在水面下潜藏的时间太久，以致水面薄如白纸，只需一样催化剂，就会使整个家庭支离破碎。宋御棠打开手机，问梁诺是否还在巍山，梁诺回了是，宋御棠说："我想半个月后去巍山，可以吗？我想帮你找今欢。"

梁诺那边很快就回了消息过来："我已经有了小欢的消息，不过还是非常欢迎你，订好机票后把航班信息发我，我去接你。"

宋御棠回复了谢谢，从床上起来，走到客厅，拉开窗户边的窗帘。窗外的天空灰沉，云层低垂，仿佛在酝酿着一场大雪的到来。

梁诺对宋御棠来巍山感到惊讶，但他并不能拒绝宋御棠，只是有些担心万一宋御棠要找今欢的麻烦该怎么办，毕竟她们之间隔着一条人命。梁诺给老头儿打了招呼，老头儿十分开心，乐呵呵地说，行啊，你还有什么朋友都叫来，咱巍山风景好，让他们都来热闹热闹。

梁诺谢过老头儿，也跟着他笑，心里觉得老头儿颇有点人来疯的意思。果然，第二天老头儿就把天工坊里的一间空屋子收拾出来，还特地装扮一番，拉着梁诺洋洋得意："我这审美不错吧，人女孩子肯定喜欢！"

"那必须不错！"梁诺因为老头儿的举动倍感温暖，但他不是个很会表达自己感情的人，只能干巴巴地憋出个"谢谢您，李爷爷"来。

"等那女孩子来了，你也不用每天待在铺子里，多带人家出去转转，毕竟人家那么大老远来了。"

老头儿絮絮叨叨说着，梁诺就嗯嗯啊啊应着，末了才听明白，老头儿的意思是让他脸皮厚点，喜欢人家就去追。这可把梁诺弄得哭笑不得，但怎么解释老头儿都不听，只是说，年轻人，一辈子遇到个心仪的人不容易，得珍惜。

老头儿说得郑重，梁诺也知道老头儿心中郁结所在，所以就由他去了。转眼十多天过去，离和青莤约定的日子越来越近，梁诺却在这天忽然收到了青莤自杀被送进医院的消息。

梁诺几乎立刻就想到了上一次见青莤时她说的"寻找自己"的方法，心中一寒，想，难道青莤所说的方法就是自杀？梁诺一直知道青莤这个姑娘大抵心理有点问题，但是他想，他和青莤不算深交，且每个人都有自己的路要走，他总不能干涉青莤的人生，所以对于青莤身上的这点"小毛病"一直视而不见。但这次涉及自杀，梁诺的心里忽然就不安了起来。

老头儿也听说了这件事，神色难得的凝重，说："好好的孩子，怎么就想不开了呢？"

梁诺问了沙之旅的位置，但一连几天，梁诺过去的时候都大门紧闭，看起来难免有些萧条。直到第四天上午，梁诺才刚好赶上了旅店开门。旅店是一栋二层的木质小楼，前台正对着大门，大门也是木头的，不过两边刷着白漆，门楼上的雕刻也很精致。梁诺刚到，便看到一个中年男人手里提着袋子出来，正要锁门。

梁诺走过去，正要开口，那个中年男人转过身来，身形清瘦，满脸疲惫，声音嘶哑："不好意思，我们今天不营业。"

"您好，我是青莳的朋友。"梁诺说清来意，中年男人思索片刻，便很客气地带着梁诺上了私家车，驶向医院。

那个中年男人就是青莳的父亲沈长，四十来岁，是位看起来十分儒雅温和的父亲。路上，梁诺将第一次见到青莳时青莳所说的姐姐、忌日、父亲去世之类的话告诉了沈长，并委婉地提示了青莳可能需要去看看精神科门诊。沈长的眉头越皱越紧，他似乎有些话要说，不过似乎不知道该如何说出来，或者对着这个才刚认识不到两个小时的年轻人不太适合说出口，最终只是向梁诺道了谢，其他都未再提起。

梁诺到病房的时候，青莳正躺在病床上，脸上扣着氧气面罩，浑身插满了管子。一旁的心电监护仪上显示出有规律的折线，青莳闭着眼睛，整个人看起来十分苍白孱弱。梁诺又一次觉得这个姑娘身前似是被薄雾掩盖了，可在朦胧的雾气里，这个姑娘也变得愈发透明起来。青莳的呼吸微不可闻，饶是梁诺，此刻心里也难免后怕和担忧。她看起来像一张薄脆的纸糊成的灯，灯芯上的火苗摇摇欲灭，仿佛只要一口气没续上就要熄灭一样。

这是一间双人病房，但旁边的病床上没人，梁诺便坐在那张病床上，看着青莳蝉翼般的眼睫轻轻颤动，仿佛要醒来一般。沈长将空间留给了梁诺和青莳，自己下楼了。临走时他告诉梁诺,青葙这两天睡睡醒醒,等一会儿也许她就醒了。她的身体实在太过虚弱,尽管失血过多带来的可怕后果已经及时被医生处理,但他们还是不敢轻易撤下她身上的监护仪器。梁诺想,如果他是医生,可能要时刻守在这个姑娘身边了,身上一点人气都没有,仿佛对尘世毫不留恋。

青葙的眼睫又轻轻颤了颤,紧接着缓缓睁开了眼皮。她的眼神一开始无法聚焦,游移了一会儿后,缓缓落到坐在她床边的梁诺身上。梁诺早已从隔壁病床坐到了青葙的身边,看到青葙在看他后朝着青葙眨了眨眼睛。青葙略微转着头,对上梁诺的视线后,她顿了一会儿,也朝梁诺眨眨眼,眼神里带着一种独属于少女的狡黠。梁诺心中暗叹口气,心想,不知这姑娘是真的心大还是真的不在乎自己,生死关头走一回,还能开得出玩笑。

青葙从被子里伸出胳膊,梁诺这才发现,那条曾经布满疤痕的胳膊如今缠满了绷带,绷带上染着渗出来的血,看起来十分惊心。青葙费力地指了指床头的护士铃,但梁诺看不明白,只能去值班台叫来了青葙的管床护士。护士跟着梁诺进来,笑容十分温柔:"小妹妹不喜欢戴氧气面罩,但她刚失血过多,身体虚弱,医生怕她睡着了发生呼吸衰竭,就嘱咐我们,她要是睡着了就把面罩给她扣上,醒了想摘一会儿就摘一会儿。"

氧气面罩被摘了下来,青葙说:"谢谢姐姐。"似乎觉得话语不够,又微笑着朝护士眨眼睛。

护士应当很喜欢青葙:"不用谢!你们聊吧,不过千万不要让她说太多话！"后半句是朝着梁诺嘱咐的。

梁诺应过，待护士出去之后，就坐到青葙身边，不由伸手摸了摸青葙的额头。青葙的皮肤微凉，让梁诺想起梁今欢来。他心里一阵失落，不知道梁今欢生病的时候有没有人照顾她。

"怎么想的呀，青葙。"梁诺对着一盏病恹恹的美人灯，自觉把自己的声音放低。

"没想自杀。"青葙晃晃那条缠满绷带的胳膊，语气虚弱："书上看到的，可以自己截肢……"

梁诺的心脏微顿一下，他第一次觉得他和这个姑娘的精神世界差异竟如此巨大。青葙所说的"寻找自己"，梁诺也曾为此而迷茫过，但他没有想到，青葙竟然会为此甘愿冒付出生命的风险。

"你觉得你寻找的自己是什么呢？"梁诺问她。

"我不知道。"青葙的眼睛像是清可见底的溪水："我只是觉得这样做我就会找到自己，所以我就这样做了。"

很简单的一句话，梁诺却好像忽然明白了为什么自己一直觉得青葙这个姑娘叫人看不真切，原因无他，大概就是这个姑娘太直白了，说话直白，做事直白，整个人单纯干净，宛若冬日阳光下的冰块。可就是因为太干净了，反而会让人觉得这个姑娘的思想异于常人。

不过，青葙的父亲沈长后来肯定了梁诺关于"青葙思想异于常人"的想法。那是梁诺第三次来看青葙，彼时青葙已经可以下床走动了，但因是冬天，即便是在南方，天气也十分寒冷，青葙就只能百无聊赖地趴在窗子上，一双眼睛望着窗外，不知道在想什么。梁诺帮沈长去领当天的药，顺便和他一起预约了一项检查，路上，沈长忽然和梁诺聊起了青葙。

"青葙这个孩子，从小就不爱说话。倒不是孤僻，她就是不喜欢说。但青葙有一个很喜欢的表姐，有一次她们两个偷偷跑到山上去玩，那个孩子不小心踩空了，从山上滑了下去。后来青葙告诉我说，本来表姐是抓住了她一条胳膊的，但那时候她们到底是两个小孩子，青葙力气不足，她没办法把表姐拉上来，而表姐也因为体力不支松手了。后来等我们找到那个孩子的时候，已经冰凉了，她运气不好，本来山没有多高，她们又是在半山腰，但那个孩子跌下去的时候被石头磕住了后脑……"

沈长说到这里叹了一口气。梁诺问："青葙有亲姐姐吗？她曾经给我看过一张照片，说是她的姐姐。"

沈长道："没有。那张照片上就是她表姐，她表姐……她表姐，那个孩子也很奇怪，总是缩着一条胳膊，干什么都不肯用那只手。"沈长似乎有些困惑，随后又叹了口气："可能这就是命吧，青葙觉得自己没有救她表姐，一直耿耿于怀，后来脑子就不太好用了，总是神神道道的。有时候她还问我，爸爸你是谁啊？我听不懂她在说什么，她自己也不知道自己在说什么，但青葙除此之外也没有什么其他奇怪的表现，一晃眼这么多年就过去了。"

"您没有带青葙去看过医生吗？"

"没有。"

梁诺点了点头,沈长也没再多说,那天的对话便到此结束了。后来青蕴出院回家休养,梁诺收到了宋御棠的航班信息,他才发现一晃这么多天就过去了。找梁今欢的事情又被梁诺推后,他决定等接到宋御棠后再去找梁今欢。并非梁诺不想见梁今欢,只是,他总觉得自己还没做好猝然见到梁今欢的准备。

宋御棠在卧室里收拾自己的行李。其实她的东西不算多,只有几件从闵州带回阳城的衣服和洗漱用品。她没有开灯,卧室里十分昏暗,只有寥寥几束从客厅透进来的天光——今天的天气依旧不好,灰蒙蒙的天空仿佛沾染了几千年的尘埃,云层低压压的,无端给人厚重压抑之感。母亲正在厨房做午饭,她们从宋奈的墓前回来后,就陷入了一种奇怪的氛围。她们还是像以前在闵州一样生活,不过不知道是谁刻意躲避一般,几乎毫无交流。

母亲从铮鸣寺回来的当天,她们就去探望了宋奈。宋奈所在的公墓在城北一座偏僻的荒山上,因为地理位置不佳,所以价格很是便宜。那一天其实也是宋御棠在宋奈下葬之后第一次来看她,冬天的荒山草木凋零,墓园只被一圈简陋的松柏围绕着,看起来十分寥落。荒山的脚下,宋御棠望下去,可以看到灰扑扑的城市,母亲似乎被眼前荒芜的景象震撼住了,她望向宋御棠,几经开口,最终还是没有说什么。

站在宋奈的墓碑前,她和母亲都未开口说话。宋奈的照片在十年的风吹日晒中已经变得污黄腐朽，整张照片只剩下一个角和石碑粘连着，看起来摇摇欲坠。母亲从随身携带的背包里取出一张新的照片，将旧的照片换下，然后用一块细软的布将宋奈的整个墓碑擦拭了一遍。母亲的手轻轻抚过墓碑，宋御棠知道她现在一定无限悲伤，她的手停在墓碑的顶端不动了，她在发呆，末了，她的拇指又轻轻摩挲手下的那一块石碑，仿佛在抚摸宋奈的脸庞。

那是宋御棠第一次如此明显感受到母亲的衰老。母亲是个高瘦的女人，年轻的时候算个美人，尽管可能不是那么出色，但某些基因也一定是优良的，不然不会生出宋奈那么完美的孩子。母亲蹲在宋奈的墓碑前，宋御棠鬼使神差地觉得，母亲的脊背佝偻了，她整个人仿佛缩成了小小的一团，未经过仔细打理的头发从她的肩膀垂下，宋御棠看到了几缕没有隐藏好的白发。那白是如此刺眼，仿佛在昭示一个强势的女人从此跪倒在时光的脚下。

没有谁能不向时间臣服。

"妈妈，你后悔过吗？"

宋御棠鬼使神差问出口，她不明白自己想问什么，可她就是觉得母亲听懂了，那句话使母亲的脊背变得僵硬，仿佛每做出一个动作都会使骨骼发出"喀拉喀拉"的响声。

昨晚的饭桌上，宋御棠告诉母亲她要去巍山一段时间。

"去巍山做什么？你工作不要了？"

宋御棠停下夹菜的筷子，看着母亲愣了一下。母亲似乎意识到了自己的语气太过严厉,故而又重复了一遍:"我是说,你请的假快到期了吧。"

"我把工作辞掉了。"

"什么!你为什么不和我商量一下就这么做!你知不知道……"

"妈妈,我是成年人了。"宋御棠打断愤怒的母亲,无奈地说:"总之,我已经决定好了,要去巍山一段时间。"

宋御棠放下筷子,站起来就要回自己的房间,在她走出两步的时候,她听到母亲哀戚的声音:"小棠,连你也不要妈妈了吗?"

她从未听过母亲如此悲伤的声音,她转过头去,看到她凌乱干枯的头发,看到她深棕色的线织毛衣,看到她粗糙苍老的双手,她坐在暖黄色的灯光下,眼睛显得浑浊。她记得母亲眼角有一颗泪痣,那泪痣刚好长在眼睑上。她和母亲对视着,忽然察觉到了她身上的一丝形销骨立。

"没有,我怎么会不要你。"宋御棠轻声说。

她说完便回了自己的房间。房门虚掩着,她听到母亲轻轻啜泣:"我就是命不好,我能怪谁呢,我就是命不好啊……"

宋御棠觉得心口发闷,她想,从巍山回来后就马上回闵州吧,她喜欢闵州,闵州的天气永远是晴朗的,不会有那么多的阴天和沉闷,也不会有那么多她甩也甩不掉的过去。

宋御棠收拾好了自己的行李,将行李箱拉到客厅后,又进了浴室。下午三点的飞机,吃过午饭刚好去机场,她要趁着午饭前的这段时间将自己收拾好。她看着镜子里的人影——其实她不太喜欢照镜子,因为镜子里的形象于她而言实在太不讨喜。单眼皮,眼睛不算小,鼻梁直挺,嘴唇很薄,永远抿成一条直线,皮肤偏黄,却不知为何总是透露出一股战战兢兢的苍白。再往下,是隐没在黑色高领毛衣里一段并不修长的脖颈和脊背上一条长而丑陋的伤疤。

这就是她,宋御棠想。永远的黑白灰,永远的沉默寡言,永远想要隐没在这个汹涌喧嚣的世界里。母亲不知何时来到浴室门口,抱臂看着她,随后略带不耐烦地说:"把你的头发梳得利索一点,都快三十岁的人了,连这点小事都做不好!"

宋御棠叹一口气,不是她不想把头发梳得干净利落,而是她的头发太多,总是梳到一半就又散开了。母亲看着她笨拙的动作,终于更加不耐烦地夺过她的梳子,帮她梳起了头发,边梳边数落她:"你连自己都照顾不好,以后有了孩子还不把她饿死?"

"你看看你的行李箱里,一点规整都没有!"

"我怎么就生了你这么个女儿!"

宋御棠低头不言,嘴唇紧抿着。母亲帮她梳了一个利落的高马尾,她抬起头来看镜子,看到高她一头的母亲站在她的身后,也在看着镜子里的她,母亲将梳子放下,说:"这样多好看,非要一天到晚打扮得像个疯子。"

母亲将马尾梳得太紧了,勒得她头皮疼。她跟着母亲来到客厅，打开自己的行李箱，发现已经被重新收拾过了，还多了一个小小的药箱，里面都是些常备药。她身体不算太好，几年前又动过一场大手术，难免会落下一些小毛病。

母亲从她的卧室里出来，手里提着一件明黄色的长款羽绒服，问她："这件衣服你为什么不穿？"

"颜色太亮了，我不喜欢。"于她而言，黑白灰蓝这种冷色系的衣服才是最安全的。

"一会儿出门就穿这件，这几天降温了。"

宋御棠没吭声。

母亲又说了一遍，末了又带上各种对她的数落，宋御棠忍无可忍，从行李箱边站起来，夺过她手里的衣服，语气不太好地说了句"知道了"就回到自己的卧室，关上了门。

午饭的餐桌上，母亲问她春节之前能不能回来，宋御棠说不知道，看情况。

母亲又说暂时不想回闵州了，如果她愿意的话，就在阳城重新找一份工作，说着还从微信上给宋御棠推送过来一个名片，说："这是你徐裒徐阿姨，你还记得吧，她在精英做校长，你和她聊聊，不行就去精英做老师。"

宋御棠闷声不吭，母亲永远都是这样，必须掌控她的生活，让她做一个听话的木偶，可即便这样，母亲还是有诸多不满。

"知道了。"宋御棠说。午饭过后，她拎着箱子下楼，没让母亲送。在飞机上的时候，她想，我为什么要去巍山呢？

可是她想不明白,就好像忽然想到了,忽然决定了,忽然就去了。她的人生中很少有这样忽然的时刻。

三个半小时的飞机,若是在阳城,此刻天必定已经黑了。但是飞机降落在陵江机场的时候,宋御棠惊讶地发现,陵江市依旧天光大亮。她走出航站大楼,拨通梁诺的电话,梁诺此刻正在三号出口等着她。机场的人不多,偌大的机场甚至显得有些冷清,宋御棠告诉梁诺她穿着一件明黄色的羽绒服,提着一件白色的行李箱。待她刚走到三号出口的时候,一个高个子男人就迎了上来,很礼貌地接过她手里的箱子,说:"是宋御棠吧,我是梁诺。"

宋御棠不太会和别人打交道,她仓促地笑了一下:"你好,梁诺。"

"嗯,你好。"

梁诺带着宋御棠走到停车场,告诉她去巍山城还要再开两个小时的车,如果累的话可以先睡一会儿。宋御棠想这样也好,避免了她不会寒暄的尴尬,而且她看梁诺也不是话多的人,于是点点头向梁诺道谢,自己将羽绒服盖在身上闭上眼睛。

其实宋御棠不太睡得着。她的脑海里不断闪现着临出门时母亲对她说的那句:"小棠,不管你信不信,妈妈对你和小奈的爱是一样的,妈妈从来没有想过要放弃你。"

宋御棠不知道母亲为什么这么说,她愣了一下,然后说,"哦,我走了。"

她拉着行李箱去等电梯,母亲在她的身后掩上房门。一路上，她都在想母亲到底是什么意思。梁诺开车技术不错，很平稳，她脸上盖着羽绒服，在温暖的车厢里摇摇欲睡。忽然间，像是电光火石般的，她想起了她和母亲关系最差的那段时间，也就是她冒着大雨跑到铮鸣寺那天前后，差到母亲要和她断绝母女关系。

宋御棠承认自己的叛逆期，是在极度的迷茫和自卑中度过的，那时候她刚得知自己身体的异样，再加上同学们若有若无的询问，这让十几岁的她几乎崩溃。但她不敢去问母亲，只能自己去图书馆借医学类的书籍，或是偷偷上网去查，就这样，青春期本就容易逆反的她长出了满身的刺。她不能和同学处好关系，不能和父母心平气和地说话，更不能静下心来好好学习，那时候她觉得自己整个人都糟糕透了。

事实也如此，如今宋御棠再次回忆起当初那段年少岁月，也觉得自己真是糟糕透了。她想告诉那时候的自己，不一样就不一样吧，没什么的。如今的她在经历了无数的跌跌撞撞后成长起来，是在十几岁的痛苦上成长起来的，所以，宋御棠觉得自己是最没有资格对过去的自己讲这些话的人。

宋奈那时候在干什么呢？是了，一个要强的母亲，她心中有诸多未实现的梦想。她的大女儿叛逆古怪，而小女儿则漂亮聪明，总是能从学校带回各种奖章和荣誉。

迷蒙中，她不自觉叹了一口气。梁诺听到她的叹气声，问她："怎么了？睡不着？"

"你妹妹是个什么样的人呢？"宋御棠干脆不睡了。

"嗯……内向,不爱说话,不喜欢交朋友。"

"那我和她还真像。"

宋御棠笑笑,梁诺没再接话,车厢里再次陷入寂静。

活着,真的不是太幸运的一件事。可活着,又何其有幸。

第五章

　　从陵江到巍山，两个小时的盘山公路。梁诺不太开得惯这种山路，一路上精神高度紧张，等抵达天工坊的时候，天已经完全黑了。老头儿特意做了一桌菜等着他们。宋御棠向老头儿问好，可能是老头儿太过热情，宋御棠一直觉得自己很局促。像是看出了她的不安，梁诺很细心地为她夹菜。她一边道谢，一边低着头细细咀嚼。梁诺和老头儿则在一边聊天，偶尔老头儿也会问她一两句，她都十分认真且仔细地回答了。

　　晚饭过后，梁诺和老头儿将宋御棠送到特意为她准备的房间里，宋御棠看着眼前布置精心的房间，受宠若惊地向老头儿道谢。老头儿则呵呵笑着摆手，说："你们年轻人聊，我老头子就不掺和了！"说着就出去了，留下了梁诺和宋御棠。

　　"你有今欢的消息啦？"宋御棠问梁诺。

　　梁诺说："嗯，就在巍山剧院。我打听到，今欢改了名字，改成了宋晓奈。"

梁诺说完盯着宋御棠的眼睛，他这才发现宋御棠的眼珠很黑，很纯净，但总是隐藏着些小心翼翼，像只战战兢兢的兔子。

宋御棠没想到梁今欢竟然还改名了，她张了张嘴，不知道该说什么。但梁诺一直不说话，宋御棠只好尴尬道："没想到她们关系这么好啊。"

"嗯。"梁诺拉出一张椅子坐了下来，神色有些冷淡。

"梁诺，你是不是……很生气？"

宋御棠说话犹犹豫豫的。梁诺给她的印象是一个十分温和的男人，好脾气，且细心。但她搞不懂为什么梁诺忽然就对她态度这么冷淡，让她的心里有些七上八下。

"你别紧张。"梁诺说："你是不是对谁都这么小心翼翼的，不管是因为什么。"

话说到这里，梁诺才发现自己说的话已经越界，而宋御棠一脸无措的样子让他觉得有点抱歉，于是他找补道："没有生气。我只是担心，你会找今欢的麻烦。"

"我……"宋御棠连忙摆手，后退到床边沿坐下："我不会的。"

她像是忽然低落了下来，声音小小的："宋奈是个好孩子，今欢也是。没人愿意看到场面变成今天这样。事情已经过去了，我没有想怪谁，我就是想看看……"宋御棠的头垂得很低，"想看看当初宋奈用自己救下来的人……"

话说到这里戛然而止。她沉默了。梁诺也沉默了。横亘在他们之间的，是一条永远不会再鲜活起来的生命。

"就当是给这件事一个彻底的了结吧。"

宋御棠的声音微不可闻。

梁诺当初在得知梁今欢改名后其实非常生气，他生气梁今欢把自己完全活成了别人的模样，或者说，完全把自己当作别人活下去。这对于梁诺来说，是不可理喻且毫无意义的。梁诺知道这只是站在他的角度来看的，如果让宋奈的家人知道梁今欢完全在按照宋奈曾经随口一提的梦想活下去，宋奈的家人会怎么想呢？大概率也开心不起来吧。

"明天吧，我已经打听好了。明天咱们就去。你奔波一天了，好好休息。"

梁诺说完就出去了，很轻地帮宋御棠带上房门。宋御棠坐在床上很久才回过神来，她看到窗户开着一条小缝，风从那里吹进来，将白色镂空的窗帘吹起一个很小的弧度。窗户下面，是一只玉石花瓶，花瓶里摆着几朵颜色明艳的红色花朵。是三角梅，她想。据说巍山这座小城最美的花朵就是三角梅，它们四季常开不败，像西南那座最出名的阿姆雪山上的晚霞一样绚烂美丽。

宋御棠有点想抽烟。她走到窗户边，彻底把窗户打开，让冬夜的晚风完全吹进来。到底是南方，连冷都和北方不一样。从窗户里，她看到梁诺正蹲在院子里抽烟。一点橘红的火星在他的手指间明灭，他吐出一缕灰蓝色的烟雾，烟雾缠绕了他的脸，让他被灯光笼罩的脸庞显得愈加迷蒙不清。

他是个英俊的男人，宋御棠想。他小三十岁，应当和自己差不多大。他的五官并不算出众，但胜在鼻梁直挺，肩膀开阔。他身上有种矛盾的气质，当你看向他深邃的目光时，无端会觉得这个男人十分落拓，可同样的，依旧是这双眼睛，似乎若有若无地透露出一点青春气，它们很好地隐藏在他的眼底，只会在某些瞬间显露一丝——譬如在他说起自己妹妹的时候。

这个男人的妹妹，在宋奈死去的十年里，同样在他的人生中死去了十年。没有办法释怀，宋御棠想，她按下自己抽出来的女士香烟，并将烟盒扔到了柔软的床榻上，继而关上了窗户，拉上了窗帘。关于死亡，关于至亲，不管谁对谁错，这注定是一个死局。她忽然又想起了梁今欢，那个在抢救室的病床间靠墙抱着自己哭泣的瘦小女孩。多么可笑啊，她想，放弃自己，去活成别人的样子。真可笑。可也不甘，宋御棠不知道自己在不甘什么。

第二天是个晴天。梁诺今天没去木雕店，他和老头儿说好了，今天要去巍山剧团找他妹妹。宋御棠和他一起坐进梁诺从遥远的北方一路开过来的汽车里，他们之间的气氛有些凝滞，而原因，自然是昨晚那几句看似不咸不淡的谈话。他们看似平静，实则各怀心思。宋御棠想起自己在寻找梁诺的联系方式时听到的传言，他和梁今欢相依为命长大，他们的父母在他们年幼的时候分开，并且组建新的家庭。两个年幼的孩子和年迈的奶奶，在父母双方支付的赡养费中度过自己孤单的成长岁月。

真是可怜。她有些同情地想。若她是梁诺，在得知自己的妹妹一声不吭就离开，并且一下子离开十年，她一定会非常生气。

巍山剧团坐落在巍山文体广场侧面一栋四层小楼里。小楼看起来有些年代了，青灰色的石砖上爬满了五叶地锦，叶子还绿着，即便在冬季依旧显得郁郁葱葱。从正门进去，便是不大的演出厅，穿过演出厅和后台，才是剧团办公排练的地方。大概是疏于管理，前台没有人，梁诺和宋御棠问了好几个人，才得知梁今欢他们组的排练室在二楼。

剧院里实在冷清，前面没有演出，后面的办公楼也少有人进出，大部分的门都关着，上了二楼，剧团里才显现出点活气来。大概是二楼有戏剧演员在排戏，梁诺听到"咿咿呀呀"的唱腔从楼道里传出来。

"怜贫济困是人道，哪有个袖手旁观在壁上瞧！"

梁诺对戏曲不太了解，之前老头儿听《牡丹亭》，还是梁诺好奇才去问的名字。倒是宋御棠听到那字正腔圆的唱词，下意识说道："《锁麟囊》。"

梁今欢的排练室刚好在那几个戏剧演员排练室的旁边，但是门锁着，于是他们俩只能在门口坐下来等着人回来。隔壁的房门紧闭着，音乐声从里面传出来，那人还在唱："分我一只珊瑚宝，安她半世凤凰巢。忙把梅香，我低声叫……莫把姓名……你信口哓！"

那语调行云流水，莫名又有些娇俏，即便是梁诺这种对戏剧没有兴趣的人也有些听入迷了。

"这是《春秋亭风雨暴》那一段，《锁麟囊》里的经典唱段。"宋御棠说。

"你懂戏剧呀！"梁诺有些惊讶，现在的年轻人喜欢听戏的实在不多。

宋御棠说起自己喜欢的事情似乎有些羞赧，她不好意思地低下头，避开梁诺注视着她的眼睛，然后才轻轻点了点头。

"嗯。平时喜欢听一点。"

"这部戏讲的是什么？"

"啊……"宋御棠显得有些局促，"讲的是一个叫薛湘灵的富贵小姐，在出嫁的时候救济了一个同样在那天出嫁的贫苦小姐。"

"哦，是这样啊。"两人有一搭没一搭地聊着天，梁诺余光瞟见一个男青年从楼道里远远走过来，敲开那间戏剧排练室的门走了进去。男青年个头还算高，寸头，狭长眼睛，高鼻梁，薄唇，穿着一件哑光黑的夹克和一条深蓝牛仔裤，整个人身上都笼罩着一股戾气。果然，那男青年进去了没一会儿，屋子里就有争吵声传来，似乎还夹杂着"丁零咣当"东西倒地的声音。那唱戏的声音自然没再继续下去，梁诺本想拉着宋御棠离是非远一点，但这时候门恰好就开了，刚刚进去的男青年被人推搡出来，一个穿着大红戏服的人紧跟其后，走到门口，叉着腰喊："小爷我给你脸了是吧！"

那人一头细碎的短发，眉目清秀，看起来颇有些男女莫辩的味道，想来便是刚刚唱戏的人，男唱女旦。梁诺看他不过十八九岁，行为却极其跋扈，不由皱了皱眉，却见被推搡出来的那个男青年面目狰狞地掐住了那个男孩的脖子，男孩被掐得够呛，而他那边几个人都上了年纪，看起来和那个男青年争执不下来，梁诺便站起身帮了那个男孩一把，一拳把男青年撂倒，冷冷地说："这里不是你闹事的地方。"

说完又扭头对呆站在一边的宋御棠说："御棠，报警。"

男青年见形势不对，留下一句脏话就恨恨地走了，男孩嘴里却依旧不干不净。宋御棠似乎没听过这么露骨的污言秽语，脸有些微微发红，想制止一下那个男孩，却又不知道如何开口。那个男孩却挥挥手，说了句："李叔你们先回去吧。"便不再朝着那背影骂人了。待李叔他们进屋之后，才再度开口说话："谢谢你了啊，哥，让你们看笑话了。"

"没事。"梁诺也客气。

"我看你们眼生，你们是有什么事吗？"

"我们来找梁……宋晓奈。"梁诺说。

"晓奈姐！"男孩眼睛一亮："她就在隔壁呀，你们怎么不进去？"

他说着转到隔壁门前去，才发现门锁着。正要再说话，眼睛却又亮了起来，指着那边的楼道说："哎！晓奈姐！这不晓奈姐吗？"

梁诺跟着男孩的声音转过身去，宋御棠显然也看到了那边过来的女孩。空气有一瞬间凝固了，梁诺盯着宋晓奈——不，梁今欢，宋御棠也正盯着她。梁今欢也怔住了，似乎还没搞清楚眼前发生了什么,却被更加震撼的事情惊讶住了一般。

男孩大抵是看出来他们之间气氛不对,于是便拉了拉梁诺的袖子,说:"哥,我叫钟晓,我们加个微信吧!"

梁诺没什么心思加这个小男孩的微信,但梁今欢走了过来,看着梁诺,轻轻喊了一声:"哥……"

梁诺有一瞬间的慌乱,他低下头,迅速拿出手机和钟晓加了联系方式,并借着这个动作整理了一下自己差点没收住的心情。钟晓心满意足地揣起手机,朝着梁今欢眨眨眼,示意自己先走了,便转身开了自己排练室的门。

"哥……你,你怎么在这里?"梁今欢嗫嚅着,继而又看到了站在梁诺身边的宋御棠,她的脸一瞬间变得苍白,几近于无的唇色也变得透明起来,"棠姐,您……您也在。"

宋御棠想不到时隔这么多年,梁今欢还记得只有几面之缘的自己。她的脸色同样不怎么好看:"小欢,你还记得我。"

梁今欢点了点头。三人之间再度沉默下来。梁诺看着眼前这个在十年里已然长成大姑娘的女孩子,心中五味杂陈。她长高了,却比自己印象中变得更瘦了一点。她的脸上画着淡妆,一头微微卷着的浅棕头发披在肩上。梁诺有一瞬间的恍惚,这还是当年那个又黑又瘦、有着薄薄的单眼皮的女孩吗,这还是当年那个总是喜欢低着头、贴着墙根走路的内向女孩吗?

在巍山这座不怎么发达的小县城里,梁今欢应该是为数不多的穿十厘米细高跟的女孩子,穿着一件纯白的长款呢绒风衣和一条浅蓝牛仔裤,本来插在大衣口袋里的手因为慌张而无措地拿出来放在口袋两边。可她的姿态还是挺拔的，肩背又直又薄，脖颈也修长，梁诺觉得如今的梁今欢像一块在阳光下闪耀着五彩光泽的冰块，而这种感觉却不知从何而来。这种认知让他对自己感到恼怒。

最后三人还是进了梁今欢的排练室。偌大的排练室只有三个人，显得有些空旷，白色的地板砖因为岁月经久而泛黄，角落里堆着乱七八糟的杂物。

"我们下乡巡演去来着，我的同事现在还都在休假。"梁今欢解释，她从角落里拖出几把旧椅子，放到排练室里唯一一张木桌旁边。那桌子的年月可能比地砖还要久，桌面上刷着的黑色漆几乎脱落干净，其上布满了长短深浅不一的划痕。梁诺和宋御棠坐下后，梁今欢不知道又从哪里翻出几个一次性纸杯，在排练室的饮水机里接了两杯水，放在了他们面前。

水是冷水，因为饮水机没插电，而梁今欢因为太过慌乱，忘记将水加热后再接给客人。她似乎因为眼前这落魄的场景而感到局促，尤其是在宋御棠面前，她不知为何有种抬不起头的感觉。她坐在剩下的那一把空椅子上，手搁在木桌上深深吸了口气，才张口说道："哥，御棠姐。"

宋御棠几乎不能再从梁今欢的身上找出当年那个瘦弱女孩的身影来。她记得，那时候她偶尔会来家里和宋奈一起写作业，她说宋奈是她为数不多的朋友。那时候，宋御棠为她们俩之间这奇特的组合而感到惊奇——一个是人群焦点，而一个却毫不起眼。母亲那时候十分喜欢梁今欢，每次梁今欢来家里时，母亲都会给她兜里塞上一只苹果或是一个什么别的水果，母亲说这个小女孩乖巧又听话，看着就让人喜欢。

梁诺一直没有说话，为了缓解尴尬，宋御棠轻咳一声，说："小欢你一直都在这里吗？"

"是，是……啊，不是不是，我来巍山才三年。"

"哦……"

"伯……伯母她还好吗？"

"我妈她挺好的，前段时间我爸去世了，我们就从闵州搬回阳城来了。"

宋御棠说得轻描淡写，可话落在梁今欢的耳朵里却变得重若千钧，她好不容易变好一点的脸色又苍白起来。她看宋御棠一眼，发现宋御棠正温和地注视着她，她想向宋御棠扯出一个笑，却无奈面皮像是被冻僵了一般，无论如何都做不出那么一个简单的动作。

"笑不出来就别笑了。"梁诺打断她，"我订了一家餐厅，一起过去吃个饭吧。"

那天的午饭谁都没有吃好。梁今欢住在剧团给安排的员工宿舍里，吃完午饭后，梁诺开车将梁今欢送回去。宋御棠知道他们兄妹两个有话要说，就没跟着下车。

梁诺将梁今欢送到楼底。踌躇半天，梁今欢问道："奶奶她……"

"奶奶已经去世了，你不知道吗？"

梁今欢张了张口，吐不出一个音节来，她不敢看梁诺的眼睛。

梁诺察觉到她在微微发抖。她从小就这样，遇到自己害怕或是不能处理的事情时，大部分不哭不闹，只会低着头，用发抖来缓解自己的情绪。

哀其不幸，怒其不争。梁诺看着自己的妹妹，无端就想到了这句话。

"你没有什么想问的吗？"梁诺问她。

其实想问的很多，但梁今欢一个字都说不出来，她最后只能在梁诺的注视下摇了摇头。

"你逃避了十年，那你告诉我，你还想再逃避几年？"

梁诺伸手掐住梁今欢的下巴，使劲将梁今欢的头抬起来。十年不见，再次相遇，梁诺才发觉自己心中的愤怒要远比想象中多。他说出来的话也不自觉咄咄逼人起来："觉得自己逃走了就可以不用面对了是吗？还是觉得只要你改个名字那个淹死的孩子就能活过来？或者说，你真的觉得你能活成她？她的家人知道吗？她的家人同意吗？你觉得自己这么拙劣的方式就可以表达自己的歉意了吗！"

梁今欢的眼泪从眼眶里流下，顺着她的面庞一直交汇到梁诺掐着她下巴的手指处。她使劲推开梁诺，下巴上布满红痕，她往后踉跄几步，呜咽道："哥，你别说了，我求求你，我知道我没出息，可……可我就是欠了人家一条命啊！"

十年里，她在脑海里不知回想过多少次那个出事的下午，也不知梦到过多少次宋奈青白狰狞的面庞，如果那天下午不是她的提议，她们不会去南湖，如果那天不是她非要坐在亭子的栏杆上，就不会不小心翻下去，如果那天来救她们的人先抓住了宋奈的手，她就不会死……十年了，她想过不知道多少个"如果"，十年过去，往事的褶皱几乎要被抚平的时候，她才发现，其实她自己也早就和宋奈一起在冰冷的湖水里死去了。

况且，关乎生死的往事，怎么可能真的就被抚平呢？

她记得曾经对她十分和蔼的宋奈母亲看着她冰冷的眼神，她记得宋奈母亲掐在她脖子上带着恨意的力度，也记得宋奈母亲失控地朝她骂道："死的怎么不是你！为什么不是你！为什么是我的宋奈啊！为什么！"

那时候，她记得年幼的她在嘈乱的人群里呆呆地站着，脑海里却一直在反驳宋奈母亲的话，不是的，我有爸妈，不是的，哥哥会难过的，不是的，对不起，我也不想事情会变成这样的，不是的，我不想推开宋奈的，我只是……我只是，我也不知道我怎么就……

"我是小偷，是我偷了宋奈的命，哥哥。"

她哭得太过悲凄，以至于梁诺觉得自己心中钝痛。他和妹妹相依为命长大，他从来没有想过有一天妹妹会忽然从他的生命中消失，更没有想过自己会靠着虚无缥缈的希望和执念一直找她，找了十年之久。他知道自己的担忧、害怕、愤怒、不解，他更在此后十年里深刻地体会到了世事如梦，残生一线。当真正的愤怒过后，梁诺的心里只剩下失而复得的惊喜和小心，他觉得自己应该和梁今欢一样大哭一场，即便他们哭泣的理由完全不同。

　　宋御棠坐在车里，可以隐约听到兄妹两个争执的声音。她将胳膊伸出挡在自己的眼睛前，不想再看到那两个人相拥的身影。再生气又能怎么样呢，梁诺终究是梁今欢的哥哥，生气过后，估计就只剩下高兴和开心了。她闭着眼睛，眼前浮现走出餐厅时梁今欢那没头没脑的一句话："御棠姐，如果是宋奈的话，一定会过得比我好吧。"

　　梁诺去拿车了，她们两个站在餐厅前的马路边上等着梁诺把车开过来。听到她这么说，宋御棠愣了一下，转头去看梁今欢通红的眼睛。她是个心细的人，梁诺作为男人或许发现不了，但她和梁今欢相处一会儿就发现她刻意挺直的脊背和枯燥的头发，她想精心化却依旧技术拙劣的妆，她毛呢大衣上布满的细小绒球，还有那双高跟鞋，应该是很旧的一双鞋子了吧，却被她保护得很好，只在一些边缘的剐蹭上可以看出经济贫乏的端倪。

　　她或许在很认真地幻想宋奈未来的样子，未来的生活，她在用尽自己的全部力气来让自己变得更像宋奈一点。可是，值得吗？反正宋奈再也不会回来了，而她无论再怎么努力，都不会成为宋奈。

　　"是啊。"宋御棠伸手摸了摸梁今欢的头，发现她的头发异常柔软，于是她的手顺着梁今欢的头发滑下来，"宋奈从小就聪明，又漂亮，即便我是她的姐姐，有时候也难免会不甘，会嫉妒。我记得她从小就说自己长大了之后要做大明星，那时候她眼睛亮晶晶的样子可真美好啊。"

"可是，小欢啊，宋奈她已经死了，你懂吗？你知道死是什么意思吗？就是无论怎么样她都不会再回来，再出现在你的面前了。那些你关于宋奈的想象，也只能是想象，她没能幸运地长大，她未来的人生，没人知道是什么样子的。可是你，如果你这样丢掉自己，你不仅活得可能不如宋奈好，你可能活得都不像个正常人了。"

梁今欢的眼眶变得更红了，她几乎控制不住自己要呜咽出声。

"我妈妈当年对你说的那些话，我替她向你道歉。"宋御棠说，"小欢，宋奈死了，但你还活着，你知道了吗？"

宋奈或许会活得比你好，而你再怎么努力，都不会变得像宋奈一样聪明，漂亮。可光是你还活着这一点，就比宋奈不知道要幸运多少倍了。这世界上所有的东西都是明码标价的，你想要获得一样东西，必须付出代价。上天没有那么仁慈，会免费给予你美好的一切。而宋奈大抵是太不幸运，她前十六年所有的聪慧、美丽和幸运，代价是她短暂的生命。

当然，这些话宋御棠没有讲给梁今欢听。在宋御棠的眼里，梁今欢依旧还是个头脑不清楚的小孩，尽管事实上她已经长大成人，甚至可能在离家十年里经受过很多来自社会的教训，可宋御棠还是把她当成当年那个穿着运动服、留一头短发的高中小孩，宋奈最好的朋友。

不知过了多久，梁诺才打开车门，坐进了车里。车里一直开着暖气，宋御棠迷迷糊糊睁眼，看到梁诺正在发动汽车引擎，而车窗外，梁今欢的身影已经不见。

"你知道死了是什么意思吗？"宋御棠鬼使神差地问道。

梁诺果然皱了皱眉。

"死了就是，无论你再怎么努力，她也再也不会回来了。"

"无论你再怎么努力，再怎么思念，再怎么痛苦，她都不会再出现在你面前了。"

……

"这就是死了。"

下卷

第六章

巍山的冬天,时而下雨,却不常下雪。

这冬雨虽是雨,可下起来后带来的寒意却一点不亚于北方的冰雪和寒风。老头儿担心宋御棠冻到,特地给她买了个"小太阳"安在屋子里。宋御棠投桃报李,可手里实在没有什么能拿得出的好东西,只得一得空就陪着老爷子听听戏,聊聊天,两人处得倒也和谐。说来也奇怪,宋御棠这人虽然和同龄人不太处得来,却格外受老人和小孩的喜欢,她也愿意和老人小孩玩,至于为什么,大抵就是觉得相处起来不麻烦吧。

这天恰巧又是一个雨天。自宋御棠来巍山后,还没见过这样的瓢泼大雨,她跟在老头儿背后,将院子里晒着的山楂干收进屋子来。可即便两人的动作够快,山楂干还是被雨水淋了个七零八落。宋御棠看着被淋坏的山楂,心中觉得十分可惜。她虽不晓得个中原理,但也觉得好不容易晒了太阳的山楂,被雨这么一淋,就不再适合吃了。

老头儿看出了宋御棠满脸的可惜,笑呵呵地将那一堆山楂干收进盆子里,说:"没事,咱们可以把这山楂做成焦山楂,刚好适合你们这些脾胃寒凉的小姑娘们吃。"

　　前几天宋御棠吃东西不舒服了,老头儿便给她泡了些鲜山楂水,待那些积食消下去后,宋御棠接着喝鲜山楂泡出来的水,结果胃疼了一宿,第二天早上起床,脸色都是煞白的。

　　"这山楂虽然能化饮食、消肉积,但鲜山楂口感太酸,不能多吃。等这山楂晒成干之后呢,就要比鲜山楂好一点了,不过对于你们这种不好好吃饭的年轻人来说,还是吃些焦山楂的好!"

　　"焦山楂也是山楂吗?"宋御棠问。

　　"是嘞,不过焦山楂是炒制过后的山楂。还有一种叫山楂炭,山楂炭能治腹泻、月经崩漏!"

　　宋御棠似懂非懂地点点头。老头儿端着盆子去厨房炒山楂,她就靠在门框上看院子里滂沱的雨水。冬季看雨对宋御棠来说是个新奇的感受,巍山的雨,即便寒冷,也是十分明亮的。因为地处南方,巍山的冬天,植物依旧散发着蓬勃的生机,宋御棠看着那雨,那树,总有种自己置身暮春或是初夏的恍惚之感,总觉得待到雨后天晴,草木便会在雨的催发下变得更加繁盛了。

　　可这到底是冬季。前不久老头儿看天气预报的时候还说,今年的雨水格外多,天气也格外冷,说不定春节的时候还会下雪呢。她倒是十分想看看这南方的雪是什么样的,只是不知道自己是否有机会在这里多待上一段时间了。她正瞧着那雨，在泥地上溅起一朵又一朵的水花，天工坊那窄小的木门"咯吱"一声，被人从外面推开来了。

她看过去，只见钟晓——就是那个巍山剧团里唱戏的男孩，落汤鸡般地冲过来。自那日梁诺帮过他一次后，他似乎就缠上了梁诺，一天到晚"哥"长"哥"短的，把梁诺扰得不胜其烦，直趁着没人的时候和宋御棠吐槽，说自己从没见过像他这么烦人且话多的人。

钟晓浑身湿透地冲进天工坊，倒是把宋御棠给吓了不轻。这么冷的天，还淋了雨，万一倒霉一点，明天肺炎可能就在后边等着他呢。她连忙拽着钟晓去浴室洗热水澡，只是钟晓这人，被雨淋了，冻得直打哆嗦还管不住自己的嘴："御棠姐姐，我给你说，那个李青可真不是个好玩意，竟然在剧团门口等着堵我，还好我反应快！"

……

钟晓其人，樱桃小口，但说起话来语速却极快，"叭叭叭"地嘴巴一开一合，几句话就"秃噜"出来了，且这孩子年纪不大，但说出来的话粗俗不堪，直说得宋御棠如此稳当的人也想找块毛巾塞进他的嘴里，堵住那不饶人的口。

"行了！"宋御棠把他推进浴室，转身出去给他煮姜汤。

李青就是那天在巍山剧团和钟晓起争执的男青年，两人之间有点纠葛，但钟晓死活不肯说，只是在李青堵他的时候偶尔来天工坊或是木雕店里躲躲。宋御棠切着姜丝，有些无奈地想，钟晓真是空长了一副好皮囊。说来也是，钟晓不满十九，正是岁月无忧愁的年纪，况且他自小学戏，身段不差，虽因为唱女角，举止间有种女子的媚态，却毫不给人扭捏造作之态，反而会让人生出怜香惜玉之心。

只是，怎么就长了张那样的嘴呢？

梁诺也曾说过，钟晓若只是安静地坐着，还是挺能唬人的。他生了一张玉白的小脸，尖下巴，双眼皮，长睫毛，鼻梁直而秀气，嘴巴厚薄适中，一头乌发也柔软明亮。都说"俏不俏一身孝"，宋御棠对钟晓的外形是十分赞叹的，她看过他扮上戏装，演"穆桂英停灵天波府"那一段，一袭白衣，虽然素，但也俏。不过，若真说起钟晓的性格，反而是花旦小红娘更适合他。

"小宋，是钟晓那孩子来啦？"

宋御棠在这边煮着姜汤，老头儿在隔壁的老厨房里烧着传统的那种灶，在大锅里炒山楂。

"是啊！您耳朵挺好使呢李爷爷！"

"嘿！你这孩子！就几步的路我还听不见啊，那孩子的嗓门还那么亮！"

宋御棠哈哈一笑，道，我去把姜汤给他送过去。

钟晓刚好洗完了澡，一张小脸被热气熏得红扑扑的，更显俏。他洗完澡就裹上了宋御棠拿给他的大厚浴巾，整个人窝在"小太阳"前面烤暖。宋御棠将姜汤给他，他接过一口气灌了下去，估计那几口汤才刚到胃里，他就要张口说话，宋御棠连忙打断他："闭嘴，等梁诺晚上回来再说。"

"……"钟晓憋了一会儿，实在憋不住，只恨恨地说，"他娘个腿儿咧！"

冬天日头短，且是雨天，但在巍山，直到晚上七点将近，太阳才正式落下西山，屋里点上了黄融融的灯。老头儿身上有着一些古怪的坚持，比如坚决不用白炽灯，只用老式钨丝灯泡，比如那屋里的塑料台灯灯罩已经旧得看不出原本的模样了，老头儿还是像个宝贝一样每天擦一遍。宋御棠和梁诺都一致将其归结为老年人"超乎常理"的"节俭"。

钟晓死活不肯穿老头儿的衣服，倒不是嫌弃。老头儿的衣服一套一套的都非常考究，但他觉得那是老人家才穿的，非要等梁诺回来找他要衣服穿。钟晓虽然性格有点刁蛮跋扈，嘴上说话也把不住门，其实是个非常有礼貌的孩子。梁诺不在家，他即便多么不愿意裹着毛巾干坐着，也绝对不会擅自去翻人家的东西。

宋御棠帮老头儿做饭的时候路过卧室的门，从门缝里看了钟晓一眼。只见他正双手抱膝，将下巴搁在膝盖上发呆。他细软的头发从额前垂下，遮住了眼睑，面前"小太阳"散发出的橘黄色光照在他的脸上，看起来让人觉得分外温暖。宋御棠一直觉得钟晓的眼睛长得漂亮，不算太大，细长，看人的时候含着一汪清水，情绪波动的时候，又有种"顾盼神飞、目光炯炯"之感。宋御棠想，这可能和他微微上挑的眼角有关。

考验一个戏剧演员的功力，一是看唱功、身段和脚底下的功夫,二是看眼神里有没有戏,有没有感情。当然,这只是针对青衣来说的,像武生那种,人们更加关注的反而不是他们唱得如何,而是在台上的动作干不干净,利不利落,好不好看。钟晓唱的是女角,用现代京剧里的话来说,他唱的应该是"花衫",即融合了青衣、花旦和刀马旦的新的角色。以前行业里是不允许一个人同时唱两种角的,为了消除这种弊端,"花衫"慢慢就形成了(不过据说专业的京剧教材里是没有花衫这个词的)。

钟晓一双眼睛生得好,那是老天爷赏饭吃。宋御棠见他抱着自己发呆,一汪眼睛迷蒙蒙的,看着特别让人心疼。她心里不觉感叹,长得好看可能真的会受到很多优待吧,就像钟晓,人家只是发个呆,她就想这小孩是不是不开心。她自嘲一笑,没再管钟晓,提着从冰箱里取出的一袋绿叶菜进了厨房。

梁诺在店里刚要离开的时候,恰巧遇上一个冒雨前来取货的客人,耽搁了一会儿。那个客人要取的是一个木质灯罩,通过榫卯结构将木条拼接成的,十分有现代气息,很难让人想到这样的东西出自老头儿之手。那客人看了成品十分满意,决定再定制两个灯罩,梁诺说了自己的想法才离去。等他回到天工坊的时候,天色已晚,饭菜也已经摆好。钟晓终于等到梁诺回来,在房里大喊大叫,一口一个"哥",让梁诺给他拿衣服。等四个人在饭桌前坐定,已将近八点了。

雨下得小了些,雨丝变得细密柔和,斜斜地打到透出暖黄色灯光的老式窗玻璃上。宋御棠无意间回望,看到窗外的雨水被灯光照得亮晶晶的，院落里坑洼处的积水与夜色融合在一起，竟无端生出些浩渺的感觉。巍山无疑是安静的，尤其是这样下过冬雨的夜晚，窗外的夜色被屋里投射的灯光切割成小小的空间段，而更远的地方，则是隐没了青山绿树、灯光也到不了的黑暗。

老头儿今晚炖了一大锅羊骨汤。为了这锅羊骨汤，他从早上起床就开始准备，又炒了几个巍山地道的小菜，饭菜的热气从餐桌上蒸腾而上，暖融融地飘散在本有些冷冽的空气中。钟晓晚上非要和梁诺一起睡，梁诺不同意，钟晓就在梁诺耳朵边上"咿咿呀呀"唱着戏，比如说什么："你忍心将我伤""不念我腹中还有小二郎""你有何面目见妻房""这天地之间有多么大呀，唯有我钟晓无家可归"之类的唱词，直把梁诺唱得脸色铁青，狠狠地揪着钟晓的耳朵让他闭嘴。

老头儿坐在一边"呵呵"直笑："小梁啊，你看你对别人都和和气气的，怎么对着小钟就这么凶，我还挺喜欢听小钟唱戏的！"

钟晓连忙接上茬，一张脸笑得十分谄媚："李爷爷，一会儿吃完饭我给您唱，您随便点！什么《锁麟囊》《白蛇传》《荒山泪》《桃花扇》《贵妃醉酒》《龙凤呈祥》《游园惊梦》《天女散花》，只有您点不出，没有我唱不出！"

"好好！"

宋御棠边吃饭边听他们说话，她好久没有这么轻松惬意了。耳边还有雨水沙沙的声音，遥远的地方间或传来一声狗叫，她喝了一口老头儿专门给他们准备来暖身的姜枣芝麻酒，只觉得自己要醉了。

可能这就是巍山的冬天吧。生在冷冽凄清的冬雨里，长在绵绵久久的安静里，永远延续在远林落照、冉冉薄雾和朦胧暧昧里。巍山的冬天，是注定不会寂寞的，它虽然已离时光远去，却稳稳扎根在了人间烟火、柴米油盐中。这样的巍山，让宋御棠喜欢得不知道说什么好了。可她又觉得有一些遗憾，她不属于巍山，不属于这里的一草一木，不属于这里的人间吵闹，她有她的来路，她有她的归途。她察觉到了一丝隐藏在寂寞后的思念，在万家灯火点燃的夜里，来自她归途方向、突如其来的思念。

来巍山，见梁诺，和梁今欢重逢，认识钟晓和李爷爷……一切恰如其分，仿佛一串珠子，已经好好地排列在一起，只差一条线来将它们串联起来。宋御棠觉得自己来巍山就是那条隐约模糊的线，可她不知道自己为什么要去做那条线。来巍山这么久，她依旧迷茫。她觉得自己就像天上的雨水，因为无根而漂泊，等终于落到地上的时候，也只是随波逐流，汇入泥土或变成蒸汽散入空中。在今夜，她从未觉得自己身上的漂泊感这么重。离家十年，和母亲相依为命，可两人之间的气氛却时常剑拔弩张。一个陌生的城市，充斥着陌生的口音，没有朋友，没有其余的家人，更没有曾经熟悉的一切，可她却视而不见，闭着眼睛，浑浑噩噩生活了十年。

前天梁今欢托梁诺给了宋御棠一张照片，是宋奈的。照片上的宋奈只有十三四岁，穿着一身蓝白相间的校服，脸上是明媚而耀眼的笑容。那照片应该是用拍立得拍的，画质不好，却有种经年的陈旧之感。宋御棠一直都想和梁今欢再聊聊——聊聊宋奈——自从宋奈去世之后，再也没有人和她提过宋奈了。她不喜欢宋奈，可她觉得，自从宋奈死了之后，自己好像也没有那么讨厌她了。宋奈还时常跑到她的梦里来，都是一些混乱而焦灼的梦，梦里的宋奈有时是八九岁和她奔跑在铮鸣寺前大榕树下的模样，有时是她从未见过的，二十几岁漂亮的模样，有时又是她一身青白躺在抢救室病床上那了无生气的模样。

梦里宋奈总是叫她，姐姐。那是一个久违的称呼，被她埋藏进了内心深处最隐秘的角落。她觉得自己是个矛盾的人，不喜欢后来宋奈的骄纵、刁蛮，巴不得她永远消失在自己面前，可每当宋奈一脸笑容地和她说话或者撒娇时，她又觉得自己可以把自己所有的一切都给她。宋奈的出生是不被期待的，她是带着全家人的不欢迎来到这个世界上的，宋御棠至今还记得父母将她抱回家里来的时候，整个人小小地缩在自己的小被子里，闭着眼睛睡得香甜。

父亲将她放在床角，让宋御棠照看一下妹妹，她紧张地指着襁褓里的婴儿，小心翼翼地说："爸爸，她不会滚下床吗？"

"不会，她还不会动。"

她记得那时候父亲如是说。可她还是很小心地蹲在小婴儿面前，伸出两条胳膊护住了熟睡的她。那时候她想，妹妹长得可真丑啊。

宋奈大部分童年是跟着她的，可她却总是带不好宋奈。因为自己的疏忽，五岁的宋奈栽倒，额头磕在台阶上，流出来的血染红了一卷纸巾，直到她长大以后，额角的地方还留着一个凹陷下去的、浅浅的疤。又因为自己青春期的冷漠，在路上看到宋奈时，对她的开心惊喜恍若未闻，最终在她朝自己跑过来的时候被一个偷骑大人摩托车的高中生撞到，整个人趴在地上被拖出去十几米。最后，她记得那天还是她的同伴先反应过来，而在她跑过去之后，母亲指着她的鼻子骂……骂什么，记不清了。

梁今欢一直躲避着宋御棠。她曾向梁诺表达过自己想和梁今欢聊聊的想法，梁诺却总是说，梁今欢很忙。她想，有什么可忙的呢？她觉得自己一定要再和梁今欢好好聊聊，似乎，如果不和她多说些什么，自己心里塌下去的那块就永远都补不上来。梁诺也很无奈，他说，今欢现在连看到我都不愿意，每次我去找她，她都是一两句话就匆匆跑了。宋御棠点头，可能梁今欢还是迈不过自己心里的那道坎吧。

钟晓害怕李青去他的宿舍堵他，最终软磨硬泡和梁诺睡在一起，临睡前还拉着老头儿唱了半宿的戏，她也饶有兴致地跟着听。只是钟晓不知道怎么回事，只唱《荒山泪》，唱到最后，唱得自己泪眼汪汪。直到睡前，她的耳边还回荡着钟晓哽咽的话语："真是太惨了，怎么这一家子就这么惨呢。"

他哭得凄凄切切，似是十分真情实感。宋御棠安慰他的同时心中感叹:"到底是年纪小,不管天灾还是人祸,不过是命运的安排罢了。"

梁诺被他哭得不耐烦,在烟灰缸里按下那一节还带着星火的残蒂,一把拎起他的领子,把他带走去睡觉了。老头儿到底是年纪大了,没听钟晓唱完就撑不住先走了。时已午夜,雨声渐歇,她也回到了自己的卧室,关掉顶灯,闭上眼睛。而在她进入梦乡之前,一闪而过出现在脑海中的,是那条母亲发来的消息:"妈妈最近想了很多,唉,小棠,你想在那边多玩玩就多玩玩吧,不必急着回来过年。"

她忽然想,是啊,年关将近了。

第七章

  农历十一月下旬，巍山越来越冷了，虽然没到零下，但也差不多。梁诺有心给店里和木工坊都安上暖气，可惜有心无力，也没这个条件。

  梁诺的《龙女图》经过一段时间的准备，终于可以开始打坯了。打坯就是在木料上雕出图像的基础形态，确定作品的基础样貌。雕刻要用到的刀具有上百把之多，当然这不是都用的，要根据不同的雕刻工艺和材料进行选择。老头儿给他选的是椴木，挺常见的一种木材。一开始老头儿想给他用柚木，他觉得柚木比较昂贵且质地坚硬，如果用柚木还要重新打制刀具（柚木易使刀具卷刃），便以最后还要上色为由选了色白易雕刻的椴木。

  对于木雕来说，打坯阶段十分重要。打坯是整个作品的基础，决定了最后作品的呈现，梁诺和老头儿秉承"慢工出细活"的理念，不着急，慢慢来，一天也就"打"上那么两三个钟头,当然也是为了老人家的身体考虑,毕竟七十多的人了。打坯在天工坊进行的,在梁诺打到《龙女图》上第二个女孩"老女"的时候,陈哥儿的水果店也终于开门了。不见陈哥儿将近一月,梁诺早上来开铺子的时候看到陈哥儿正弯着腰在他的水果店里忙前忙后,十分惊讶:"陈哥儿!你可终于来了!"

陈哥儿听到梁诺的声音,直起腰来擦了一把头上的汗:"梁大哥好久不见!好久不见!"

有一段时间不见,陈哥儿似乎更瘦了,一双眼睛依旧十分明亮。梁诺看着陈哥儿,忽然觉得这个小伙子身上有一种神奇的力量,好像无论你有多么不开心,遇到他都能开心起来。梁诺又转念想起了钟晓,钟晓和陈哥儿年纪应该相差不大,怎么差距就这么大呢?

陈哥儿苦着一张脸,虽是冬天,脸上却都是亮晶晶的汗水。他有一肚子的苦水要倒,但看看将近一个月没有开门的水果店里的一室狼藉,又无奈地朝着梁诺挥手:"哎呀梁大哥啊!你看我这店!等我几个刻钟!"

梁诺应了一声,进了木雕店里。将近两个钟头后,陈哥儿才拿袖子抹着脸从屋里出来,又重新锁上了水果店的门。梁诺给陈哥儿倒了一杯水,两人坐定之后,陈哥儿灌了几口水,才说:"梁大哥,以后我这店就不开了!"

梁诺只以为他是今天没打算正式营业,却没想到他不干了,便问道:"怎么回事,这不好好的吗?"

"哎！别提啦！"他像是许久没怎么和人好好说过话，说起话来又快又急，再加上他性子本来就跳脱，边说还边手舞足蹈几下，看得梁诺十分无奈，挥挥手提给他一张纸巾，让他把脑门上的汗擦一把，慢慢说也不急。

陈哥儿缓了口气才说："嗐！可别提了，这一个月我就累死了！先是我老姐进了ICU（重症监护室），才刚出来没几天，我老妈就进去了！"

"怎么回事，方便说吗？"

"没什么方便不方便的。我姐，她比我大五岁，是名牌大学的学生。在咱们巍山这地方，能出个名牌大学生不容易，就是那个，那个什么同……同科大学。我爸妈都拿她当宝贝，当骄傲，可我姐呢，脑子不清楚，上了大学谈了个男朋友，大三的时候双双退学，回那男的老家结婚去了！"

"后来呢？怎么就进ICU了？"

"这事我爸妈一开始不知道，还是看我姐一年一年的不回家，给学校打电话之后才知道她退学的。我姐呢，特别善良，心思又重，自从跟着我姐夫回了老家以后，就开始胡思乱想，觉得自己不孝顺，对不起爹妈，又觉得自己好好的读书机会浪费了，到最后把自己想得吃不下饭，睡不着觉，我姐夫没办法，说服了我姐回巍山，和家人见一面。谁承想，这一见面，我姐因为情绪太激动，一下子没缓过来，就进ICU了。哎呀，梁大哥你可不知道，我姐刚回来的时候我都不敢认她，瘦得都快没人样了，跟张纸似的，一碰就能碎了！进了ICU以后，医生说她全身器官衰竭,让做好准备,我妈哭,我姐夫也哭,我爸呢,不顶事,全家就我一个人撑着。"

陈哥儿说到这里叹了一口气:"梁大哥,你不知道我当时有多累。我妈本来身体就不好,有很多基础病,这么一闹,她也病倒了,住进医院第二天也进了ICU,那时候我姐才刚从ICU出来。可我能怎么办呢?一个是我姐,一个是我妈,就是让我去死我也不能撒手不管啊!"

"那你那个姐夫呢?"梁诺问。

"我姐夫其实是个好人。他本来也是高才生,可谁知,这一个恋爱脑碰到另一个恋爱脑,连往后的日子都没想好,俩人就私奔了。我姐都那样了,还惦记着给我姐夫生孩子,说什么她死了让我姐夫再娶一个,要是她能好,就和他生个娃娃。我姐夫就说,你死了我也去死,你要是好好活下来了,我也不要孩子,医生说你不适合生孩子,你要是非要生,咱俩就离婚!"

"这么说,你姐夫至少对你姐真心。"

"对嘛,就冲这一点,我也不能对他怎么着。"

"那你以后准备怎么办?"

"先回家,和我姐夫一起把我姐和老妈照顾好,再想个新活计吧,水果店不能老这么交着租金不开业,刚好我和房东的租约也到期了,就干脆退了。"

"这样也好,不过就是可惜了,之前你那个水果店生意挺好的!"

"嗐！不可惜！"陈哥儿端起纸杯喝了口水："人这一辈子这么长，谁能没个坎儿啊，我才二十，以后机会可多呢！"

"你倒是挺乐观！"

"那可不嘛！梁大哥我给你说，我十八的时候，和我小学同学一起鼓弄网红零食，么整成，亏了二十万，堆在仓库里卖不出去，我那时候上火哦，天天睡不着觉，这不也过来了嘛！"

"嘿！"梁诺想不到他还有这种经历，心里觉得这孩子以后一定能成大事："想不到你这么能耐啊！"

"那可不得，虽然二十万对你这种大城市里来的人不算什么吧，但对我们来说真是挺大一笔钱了，倾家荡产哎！"

梁诺无奈笑了两下，说："你也太瞧得起我了，二十万对我也是挺大一笔钱的！不过，以后要是遇到什么困难解决不了就给哥打电话，我能帮的一定帮，二十万我可能一下拿不出来，但是两三万你张口我是肯定有的。"

"哥，有你这句话就够了，我陈树齐没白交你这个朋友！"

两人嘻嘻哈哈说了半天，不觉已经到了正午时分，温度转高了几分，陈哥儿说回去还要给姐姐和母亲做饭，两人交换了联系方式后他就告辞了。梁诺送陈哥儿出门，看着他的身影越走越远，心想，陈哥儿虽然瘦小，但身体里藏着一股韧劲，就像他的名字，像一棵茁壮的树苗，只要给他一丝机会他就能拼尽全力活下来。

陈哥儿的身影彻底消失在阳溪街，梁诺想到对门没了这个可以聊闲天的小老板，心里还有点失落。不过，天下哪有不散的筵席，谁都有自己的路要走，就算是他，以后也要离开巍山的。就连梁今欢，梁诺也没有想到自己有一天也差点和她走散了，不过老天慈悲，让他们兄妹二人能再度重逢，这就够了。

今天是周日，晴，天空蓝得晃眼，梁今欢不用上班，其实他们那个小剧团除非有演出任务，很少会有忙碌的时候——而巍山剧院，在梁诺看来，那更像一个摆设，他还记得第一次去剧院的时候，无意中看到演出大厅的座椅上落满灰尘，想必那里是没什么演出活动的。梁诺中午回天工坊的时候，梁今欢已经到了，她似乎有点局促，手里捧着一杯热水坐在沙发上，看起来不大自在。

自从宋御棠来巍山之后，梁诺中午就会回天工坊吃午饭。因为今天有梁今欢，他回来的时候顺道在阳溪街上那家据说已经有几十年历史的火腿店里买了一截火腿和一些当地的美食来加菜。让梁今欢来吃饭是宋御棠提出来的，她十分正式地邀请了梁今欢，并且热情地说要到她宿舍楼下接她——话已经说到这种地步，她没有办法再拒绝。

餐桌上，梁诺说了陈哥儿水果店不再开的事情，老头儿也感慨确实有点可惜，不过他又说，年轻人往后的路还长，机会也多。宋御棠一直在给梁今欢夹菜，梁诺有点看不下去了："你吃你的，不用照顾她，她又不是小孩子了。"

听梁诺这么说，梁今欢连忙点头，对宋御棠说："棠姐，不用管我，真的！"

　　宋御棠没法，便随她去了。午饭过后，梁诺歇了一会儿就回店里了，老头儿回自己的房间睡午觉，客厅一下子就剩下她们两个人。她俩都不是活络的性子，梁今欢不好开口说先回宿舍，于是两人大眼瞪小眼，干坐了一会儿，直到客厅里那座颇有年代的摆钟发出两声沉闷的"铛铛"声，她才反应过来已经下午两点了。

　　正是一天中最温暖的时候，阳光十分明亮，从窗玻璃里照射进来，宋御棠提议："我们出去走走吧。"

　　"好。"梁今欢答应了。

　　宋御棠问她巍山有没有什么有意思的地方，梁今欢想了半天，才说，巍山有一座龙女庙，那里安静，而且风景很好，于是她们溜溜达达去了龙女庙。

　　龙女庙并不大，坐落在一湾湖水旁边。那庙看起来相当有年代了，宋御棠远远望去，发现廊檐上挂着的惊鸟铃已经快锈成一个疙瘩，估计再大的风都吹不响了。龙女庙里有两座神殿，一座是龙女殿，另一座则在旁边一个院子里，是文昌宫。龙女殿前有一座大理石雕像，雕的便是龙女。

　　龙女庙的山门前有一棵颇有年代的古树，不过不是榕树，是什么树，宋御棠却是看不出来。

　　"龙女是巍山当地人的保护神，如果你想拜一下，咱们可以去隔壁文昌宫那里拜拜文曲星。"梁今欢说。

　　"我都毕业不知道多少年了，还拜什么文曲星。"宋御棠笑着说。

　　庙不大，十来分钟就转完了。她们绕到庙里的后院，发现后院的角落有一口枯井，而院落中央则立着一座金属材质的舍利塔。宋御棠在塔前绕了一圈，但没看懂塔上刻着的文字是什么意思。今天应该是个重要的节日，前院不时会有人上香，人来人往的，不过却很安静。

　　沉默了一会儿，宋御棠问，"你还记得铮鸣山吗？"

　　"记得，铮鸣山上还有一座铮鸣寺。"

　　"我和宋奈小的时候，经常到铮鸣山上去玩，前山后山，我们几乎都跑了个遍。"

　　"……对不起。"

　　"没什么对不起的，小欢，你可以陪我聊聊宋奈吗？自从她去世以后，我和我妈就搬到了闵州，我妈对宋奈闭口不提，而我周围的人，也从来没有人知道我还有一个妹妹。已经有十年了，时间过得可真快啊，我已经有十年没见过宋奈了，也有十年没人和我提起过她了。我怕，再这么下去……我会忘了她。"

　　梁今欢知道，宋奈是她和宋御棠之间绕不开的话题，甚至也是她和哥哥梁诺之间绕不开的话题。梁今欢知道自己胆小，遇到解决不了的事情就习惯逃跑，可她也知道，自己躲不了一辈子，她也不能躲一辈子，她没有一直生活在宋奈死亡阴影下的勇气。她看着面前这个面目平静的女孩，是的，梁今欢至今觉得宋御棠是个女孩，她身上几乎看不出岁月的痕迹，更看不出她已经是个三十岁左右的女人了。

她坐在石凳上，表情很温和。阳光照在她的身上，长款的明黄色羽绒服在阳光下更显得明亮和温暖。梁今欢甚至觉得，如果自己再离她近些，就可以看到她不算白却光滑的皮肤上，细小而柔软的汗毛。宋御棠就那么看着她，嘴角还带着一丝微微的笑，她的眼神称不上有多么怀念，仿佛她刚刚提出的话只是随口一说。可梁今欢就是觉得，她很悲伤，她的身上有一股内敛的力量，阻挡了她所有情绪的外泄。

恍惚之间，梁今欢好像在她身上看到了宋奈的影子，她的鼻子和宋奈很像，都是直挺而秀气的。她忍不住红了眼眶，同时心中涌出一丝羞恼，她讨厌这样动不动就哭哭啼啼的自己。可是她忍不住，她坐在那里，好像感受到了全世界最深重最无奈的悲伤，那悲伤从宋御棠的身上散发出来，她感受着，几乎心悸。

"宋奈就像是我的一个梦。"梁今欢终于开口，"一个很美很美的梦。在她的身上，我几乎可以找到所有我向往的样子。她漂亮、开朗、热情、自信……不管是老师还是同学，甚至那些男同学们，都十分喜欢她。按理说，一般长得漂亮的女生很容易在女生群体中引起敌意，但宋奈不一样，她身上有一种很神奇的探索欲，可以吸引所有男生女生的目光在她身上驻足。"

"但宋奈的脾气很不好。"宋御棠无奈地笑了一下。

"是。"梁今欢也短促地微笑了一下，"我想我是为数不多知道宋奈脾气不好的人之一。我从小学的时候就认识她了，但后来真正和她成为朋友，还是在读初二以后。说起来也算有缘分，我和宋奈从小到大一直都在一个学校一个班级，我性格内向，再加上父母离异，同学们或多或少都会排挤我欺负我，但宋奈从来没有。有一次可能是她觉得同学们做得太过了，帮了我一次，后来就常常和我在一起，我再也没有被欺负过。

"其实宋奈很喜欢发脾气，她经常因为一点小事生气，然后可以一天不理你。但是，每次我去主动和她说话的时候，她总是很快就笑了出来。我想，如果有人和宋奈深交，能受得了她的坏脾气的，肯定只有我一个。后来我也问过宋奈为什么会和我做朋友，她的朋友应当都是那些闪闪发光的人——棠姐，你知道她怎么说的吗？"

梁今欢停顿了一下，然后看着宋御棠。

宋御棠问："怎么说？"

梁今欢眼神似乎有些悲伤，又有些怀念。她像是看着宋御棠，穿过她的身体在和什么人对视一样。

她轻声说："是因为你。"

宋御棠愣怔一下。

梁今欢忽然发现，其实宋御棠宋奈姐妹俩的眼睛是十分像的。不过像的不是眼型，而是眼神，她们的眼神深处都有一种不易被人察觉的疏离和冷淡，而这种冷淡却有着致命的吸引力，仿佛一根线，让人不自觉地抓紧并把自己抽丝剥茧。

梁今欢回忆起很多年前的一个午后。她和宋奈躲在隔壁的空教室里聊天，因为怕被巡查的老师发现而蹲在墙壁边缘，并刻意压低了声音。梁今欢这么问宋奈的时候,宋奈还愣了一下,仿佛梁今欢问得很突然一样。但她还是很认真地想了想,说:"可能是因为你和我姐姐很像吧!"

"哪里像啦?"梁今欢问。

"性格吧。我姐姐和你一样,不爱说话,人又内向,别人欺负她,她都不会还手。我姐姐身体不好,有一次我看到有人拿这个嘲讽她,笑话她,我当时气得想大骂回去,可我姐姐居然毫不在意,还说我很烦。所以,我看到你被人欺负,就很想保护你。"

"原来是这样呀!"

"对啊。只是我姐姐不喜欢我,不然我也一定可以保护好她的!不过她爱喜欢不喜欢吧,她不喜欢我,我难道还上赶着去巴结她?"

宋奈这么说的时候,整个人气鼓鼓的,看起来格外可爱。于是那时候十五岁不到的梁今欢拉起宋奈的手说:"小奈,不管别人喜不喜欢你,我永远都会喜欢你的!"

宋奈也回握住她的手,两个人对视一眼,笑起来。

"宋奈说,她想保护我,就像当初想要保护你一样。"

宋御棠盯着梁今欢愣住了,良久之后,她才缓缓别开眼睛,心不在焉地轻声说:"原来……是这样。"

那天晚上回到天工坊以后,宋御棠难得主动给母亲打了个电话。母亲很快接了,她问母亲:"妈,您过年有什么打算?"

母亲说:"你想在那边多玩一阵?玩吧,我已经和渡苦师父说好了,新年去山上给你妹妹和你爸念经祈福。"

"也给我爸?"

"嗯。想想我们两个,到底是夫妻一场,到他死,我们也没离婚。若是他死了,连个念着他的人也没有,也太可怜了。"

"好吧。妈,我想过完年再回去。"

"行。"母亲没多说什么就同意了,继而又道,"你……你见到当年那个小孩了?"

"嗯,见到了。"

"她……怎么样?"

宋御棠犹豫了一下,说:"应该不太好。"

母亲那边沉默了下来,直到许久之后才传来一声轻叹,"唉,如果是小奈……算了,算了!"

"妈!"

"小棠,妈妈现在就只有你了。"

"妈,我知道。"

挂断电话之后,宋御棠躺在床上有些睡不着。她看着天花板,脑海里的思绪不断跳跃。她想起她小时候也特别喜欢躺在床上看屋顶,那时候她家的屋顶还是爸妈结婚时的装修,房屋的吊顶是一种特殊的布质材料,银灰色,布满了黑色的圆点。她爱看着那些圆点发呆,在她的眼里,那些圆点好像会动一样,只要她看的时间足够长,圆点就会舞动出一幅神奇的图案。但其实,那只是她的眼睛过于劳累而看到的重影罢了。

后来长大了,视力没有小时候那么好了,家里也重新装修过,她就再也没有那种单纯的乐趣了。都说人活一世,草活一秋,不管是人还是什么,都会有和这个世界告别的那一天,就像小时候她不明白为什么家里要重新装修一样,她看着不复往昔的屋子,觉得那个家实在太陌生了,可她也知道,她即便再难过,那个家也不会再回来。人有生死,有春夏秋冬,有漫漫几十载,其实还算幸运,有漫长的时间去和一些东西做告别。

但她有时候也会想,为什么她不是《逍遥游》里写的朝菌,或是蟪蛄,不知晦朔也好,不知春秋也好,只是活着,为了诞生而诞生,为了死亡而死亡。无所谓短暂,无所谓坎坷,也无所谓告别。她小时候养过一只狗,那只狗陪伴了她长达五年,后来因病去世了。在狗临终的时候,她想,再见,我以后再也见不到你了。后来,她又养过另外一只狗,在她身边生活了三年,一天从门缝里溜出去了,就再也没回来。她想,宋御棠你看,这个世界上有很多事,有时候连最后的告别都不能拥有。

第二天是个平平无奇的周一。依旧是晴天,但天气干冷,连丝风都没有。宋御棠帮着老头儿在院子里种从山上移栽下来的紫茉莉。老头儿自己在院子里辟了一块地,弄了个小花圃,里面有鸡冠花、地肤、夏堇、茑萝、金鱼草、花菱草、毛地黄等等,有一年生的,有二年生的,能保证一年四季总有花看。老头儿从山上带下来的紫茉莉看起来不过是一堆枯枝,宋御棠问,这花还活着呢?

"活着呢！你别看它这样，来年春天就绿啦！"

"我还没见过紫色的茉莉花呢。"

"哈哈哈，这你就不知道了吧，这紫茉莉虽然叫紫茉莉，但开出来的花不是紫的。"老头儿从自己的衣服兜里掏出手机和老花镜，伸着手指头在屏幕上点了一会儿，点出了一张图片，送到宋御棠的眼前，"这就是紫茉莉，它还叫打碗花！"

宋御棠探过头去看，只见手机屏幕上是一簇开得正好的黄白相间的小花，虽然被禁锢在手机屏幕上了，但依旧可以看出当时的它们开得多么热闹。

"真好看！"她感叹。

"好看吧！咱南方就是好啊，一年四季总能看到花。虽说这人无千日好，花无百日红，可你要是日日都能看到些鲜亮的东西，这生活总归是有色彩的。"

宋御棠点头，心中暗自感叹，老头儿是个实打实热爱生活的人。他的生活无疑是非常讲究的，不用看细节，光看他对自己的、对生活的态度就可以很明显感受到。这让宋御棠觉得有些愧疚，她觉得自己可能还不如老头儿活得有滋味呢。

待紫茉莉种好后，时间不过上午九十点钟。她刚回到客厅，准备喝一杯水，却在意料之外接到了梁今欢的电话。那边梁今欢似乎有些着急："御棠姐，我哥去木雕店了？"

"对呀，怎么了？"

"给他打电话打不通，你能来剧院一趟吗？钟晓出事了。"

第八章

　　宋御棠没问梁今欢钟晓出了什么事，她将刚倒上的水赶紧喝了两口，套上羽绒服，和老头儿说了一声就急匆匆出去了。天工坊离阳溪街很近，人流较为密集，刚出天工坊，走出去没几步，宋御棠就知道发生了什么事。

　　巍山不大，就是字面意义上的不大。整个县城，谁家有个什么事，不出一上午，大家全部都知道了，更别提有人将钟晓的事情做成了海报，每隔一段路就贴上一张，宋御棠看着在海报前围观的人群，只觉得一阵血气上涌，是谁这么阴损，要让钟晓身败名裂呢？

　　梁今欢正站在巍山剧院的门口等着她，手里还捏着一团纸。待宋御棠走上前来，梁今欢才道："不知道是谁将这些东西贴满了我们整个剧院，现下钟晓被院长叫走了。"

　　宋御棠拿过梁今欢手中那揉成一团的海报。宋御棠叹了一口气，将海报折叠起来，跟着梁今欢来到剧院的办公楼里。钟晓在院长办公室待了好一会儿,她和梁今欢就站在楼道里等。阳光从楼道玻璃里穿过来,在瓷砖上洒下明暗相间的光影,院长办公室隐没在阴影里,门紧关着。

天空似是有些淡漠,即便蓝得透明。钟晓从院长办公室里出来的时候脸色有些苍白,他穿着一件黑色的长款棉服,拉链拉得很高,几乎将他那张本就不大的脸淹没。他双手揣在棉服的口袋里,朝着等在门口的梁今欢和宋御棠露出一个仓促的笑,继而道:"小奈姐,御棠姐,又让你们看笑话了,我真是个……"

真是个什么?钟晓似乎没想出什么合适的词语来形容他自己。原来像他这样嘴巴厉害的一个人,也有词不达意的时候。宋御棠看着钟晓,觉得钟晓像是一层薄薄的纸,身体里有什么东西被人打碎了,可是,宋御棠想,钟晓明明不是这么容易就被打败的人。

他们一起回了钟晓的宿舍,将钟晓不多的行李收拾起来。

"御棠姐,我能跟你回天工坊吗?我爸妈留给我的住处,我很久没去过了。"

"怎么不能?"

宋御棠带着钟晓回了天工坊。他们前脚刚回来,梁诺后脚就回来了,脸上还带着一块淤青。

"哥,你和人打架了?"梁今欢担忧地问道。

"嗯。"梁诺坐到沙发上,似乎不愿多说。老头儿已经知道发生了什么事情,正发愁让钟晓住哪里,天工坊已经没有多余的房间了。梁诺不在意地说:"李爷爷,您别着急了,让钟晓和我睡。"

钟晓本来心情不好,但是看到梁诺回来后,将自己缩了起来,似乎很害怕梁诺。现在听到梁诺这么说,他抬起头来看着梁诺,一双眼睛睁得圆圆的,眼神里带着惊讶。

梁诺瞥他一眼,钟晓立刻讪讪地笑了:"哥,谢谢你啊。"

"你还笑得出来?"梁诺说。

钟晓立马闭上了自己的嘴。客厅里安静了一瞬,钟晓又小声地说:"李青,我绝对饶不了他。"

"你现在都自顾不暇了,还想去找他算账?"

"哼!"钟晓不满,"我怎么自顾不暇了,别让我逮到他!"

"好了,还是先说说怎么回事吧。"梁诺打断他。

钟晓闷闷地嗯了一下,沉默下来。

他想起自己那天昏昏沉沉醒来时,心中漫延出的绝望。用漫延似乎不太准确,但他想不出还有什么更好的词来形容自己那时的感受了。他觉得自己从睁开眼的瞬间就被一场突如其来的洪水冲得摧枯拉朽,他的意识也随之远去,远远漂在高处看着自己那具在绝望中挣扎的肉体。

钟晓不知道自己为什么会那么绝望,难道仅仅是因为李青背叛了他?不,绝对不是这样,但他觉得自己要被绝望淹没了。钟晓呆呆地看着窗玻璃上映出的自己的幻影,透过影子,可以看到院子里种的一棵梅树。阴天，有风，梅树叶子摇曳不停，玫粉色的花被衬得灰沉沉的。

哦，对，这是三角梅，一年四季都会开花。钟晓迟钝地转动自己的大脑。他的头一顿一顿地疼，好像宿醉留下的后遗症。可是，昨晚我明明没有醉。不，是醉了。他又否定自己，是因为一些什么事情又清醒过来。大脑宛若生锈的齿轮，费力地将昨夜的一幕幕转动出来。

传遍巍山的那张海报上的照片就是那晚留下的。他没想到，李青为了钱，竟然用这种方式威胁他。这是比背叛更让钟晓心痛的行为，于钟晓而言，李青对他的伤害无异于亲人捅出的刀，肉体上的痛苦尚可缓解，而心灵上的伤痕却永远鲜血淋漓。是，他拿李青当亲人，在不大的巍山城里，他和李青相依为命，偌大的世界，只要身边还有人陪着，就不至于太过孤单。

那晚，李青带着酒去钟晓家里找他，他们两个，喝酒聊天，推心置腹，但钟晓根本不知道这是李青的一个阴谋。李青说自己已经不做那些生意了，还说现在巍山的旅游业开始发展了，自己找了个房地产公司的工作，以后一定会有很多人来巍山买房子。钟晓觉得十分欣慰，觉得自己以前那个好大哥又回来了，多喝了几杯，可是钟晓还没来得及多开心一会，李青突然跪在他的脚边，痛哭流涕："阿晓，你再救救哥吧，最后一次，求你了！我已经找好了工作，等我把这笔钱还上，我就真的不做了！"

钟晓的酒登时就醒了："你……你不是已经不做了吗？"

李青的头一下下磕在钟晓的膝盖上，他的手死死攥着钟晓的袖子："是哥不好，是哥不对，阿晓，你再救哥一次，你信我！"

钟晓不可置信地一把推开李青，震惊地看着他，却一个字都说不出来。这已经是第三次了，李青第三次找他借钱了。前两次，钟晓父母留下来的十万块活期存款全被李青拿去堵他那所谓的生意窟窿，钟晓几次三番地劝他，他却不听，直到上次钟晓将钱交给李青后说，你若是再一意孤行，那我们两个就再也不是朋友，李青才说一定会及时收手。可是十万块钱又有什么用，不过杯水车薪，他以为李青懂得迷途知返，没有想到……

"阿晓，我记得你那里还有叔叔阿姨留下的十万块定期对不对？阿晓，求求你了！"

"你在说什么啊李青！我帮你还不够吗？那是我爸爸妈妈仅剩的钱了，你也要逼我都拿给你吗，你知不知道对他们来说攒二十万是多么难的事情啊？"

"阿晓！可是我借了钱，不还钱的话，我会被打死的！"

"李青，你太让我失望了，即便我把这十万块钱给你，又能怎么样呢？这十万块钱，够你的九牛一毛吗？"

钟晓颓丧地坐倒在椅子上："两次三番，我劝你不听，我没有办法了李青，你好自为之吧！"

"阿晓！"李青忽然很大声地叫了他一声，钟晓想歪头去看他，却没想到被李青手里的什么东西敲在背上，整个人从椅子上滑了下去。他挣扎着想起身，李青却压上来，拿一根布条绑住了他。

"对不起阿晓，我真的走投无路了。"李青喃喃自语，绑好钟晓后就将他扔在客厅地板上，然后转身进了钟晓的卧室，不久便拿着一本红色的存折出来。钟晓眼睁睁地看着他的强盗行径，心中后悔自己对李青的不设防，因为对他的全然信任，钟晓在李青这里没有秘密。

李青拿到自己想要的东西后，将钟晓拖到了卧室的床上。

"阿晓，我已经把我父母留给我的房子卖了，这十万块是我的救命钱，阿晓，你原谅我。"

"李青，你不知廉耻！"

"是，我是不知廉耻，你怎么骂我都行。"李青说着，手里还迅速拿着剪刀剪开钟晓身上所有的衣服，钟晓死命挣扎，剪刀在他的身上留下深深浅浅的伤痕。

"你要做什么！我要杀了你！给我住手！"

李青拿起手机对着钟晓就是一通拍。拍完之后说："阿晓，这些照片我不会给任何人看，但我要保证你不把今晚的任何事情说出去，而且，你必须继续做我的朋友，我的兄弟。如果你做不到，我就把这些照片，还有你的秘密全部公之于众。"

"你做梦吧！"钟晓使劲朝着李青脸上吐出一口唾沫。

李青将绑住钟晓手脚的布条解开，然后头也不回地走了。

钟晓想去追，却被背上的伤牵制住，外加喝了酒，他几乎是虚脱一般趴在床上。月亮已经爬上中天，银白的月光兜头浇了下来。

月亮太冷了，昏睡过去前，钟晓只留下了这么一个想法。

后来有好几天，钟晓都在不受控制地想自己记忆里的李青是个什么样的人。他和他识于微末，那时候他是一个受人欺负的戏剧学院的学生，而李青是一个月只有几百块钱工资的修车厂学徒。在钟晓漫长而孤寂的童年里，李青以一个年长者的身份填补了他少时离家的空洞岁月，他是朋友，更是兄长，是钟晓愿意两肋插刀的人。他想，李青这个人，对他来说就是意义特殊的。

笨小孩——即便钟晓不愿意承认，但李青对他的这个形容确实是很贴切的。他脑子笨，小时候很晚才学会说话。他反应慢，甚至有些呆，不可否认的是当初他成为被欺负的对象就是因为他看起来呆呆傻傻的。可是笨小孩最终也长大了，变成可以为自己负责的大人了，并且不再是笨小孩了，可是一直保护着他的李青呢？李青很早就长大，后来忽然变成一个他不认识的人。

他问自己，自己真的长大了吗？成年人的世界到底是什么样呢？

可是没有人能告诉他答案，他身边也没有一个可以寻求帮助的长者，来帮他顺利踏进成年人的大门。

对于李青，他觉得自己很失望，大过了愤怒。当再一次回忆并且要给别人讲述他和李青的过往的时候,那种空荡荡的感觉又占据了他的心房。

"我和李青认识好多年了。"钟晓说,"我小学三年级的时候,省戏剧院来我们小学选学生,只有我一个被选上了。只要掏五千块钱,就可以在省剧院一直读书,直到本科毕业。毕业后还会直接分配到剧院里工作。那时候五千块钱不是一笔小数目,但我爸妈还是东拼西凑让我去学唱戏了,为此还卖了我外婆留给她的一对金耳环。我就这么去了陵江,我是小地方出来的,年纪又小,到了陵江以后,学校里不少同学都看不起我,欺负我,为了不让自己受欺负,我学会了骂人,学会了打架,也学会了撒泼。后来,同学们慢慢就都不搭理我了。

"在省剧院读书学戏的日子,我一点都不开心。我是异类,没人爱和我玩,那时候我真想干脆辍学回家。我就是那时候认识李青的。我们学校在郊区,挨着一家不大的汽车修理厂,李青就在修理厂里做学徒。我们学校有一个荒废的侧门,从那里出去就是修理厂。我过得不开心,就经常偷偷从侧门溜出去,跑到修理厂旁边的一个小广场上发呆,后来我就认识了李青。那年我才十岁,李青十六。我把我的事情告诉李青,李青一直在鼓励我,他还说,他爸妈很早就不在了,他跟着奶奶长大,要是我不好好继续在学校学戏,以后也只能和他一样来修车厂给人修汽车。

"李青说,修车很苦很累,他们厂子里还给人洗车,他们这些工人经常挨顾客的骂。李青给我说,没学历没文化,就得受人白眼受人欺负，你得在学校好好待下去。如果那年我没有认识李青，我可能真的在陵江待不下去了。李青陪了我六年，他是那六年里我身边唯一的朋友。直到我十六岁那一年，我爸妈意外去世了。李青听说以后，执意陪我从陵江回到巍山，我一个十六岁的孩子，什么都不懂，我爸妈的葬礼都是李青帮着我办下来的。"

钟晓回想起收到父母死讯的那个傍晚，夕阳在远方烧起大火，把整个西天烧得通红。他呆呆地听着生活老师和他说话，觉得自己的脚一软，就这样跌进了一个怎么也醒不过来的噩梦里。

"葬礼办完以后，我告诉李青说我不回陵江了。我知道我对不起爸妈，对不起老师，可我当时就是不想回去，好像回巍山就已经用完了我所有的力气，我回不去了。我的老师打电话联系我，说我是唱戏的好苗子，我心里愧疚难过，可我一想，我学戏的这些年没在我爸妈身边待过几天，于是就狠心回绝了老师。李青在得知我不回陵江以后，也在巍山留了下来。他找了个工作，帮我把给学校的违约金交了，又拜托他的朋友将我安排进了巍山剧院里。剧院一年到头没几场演出，但我不想把我一身的本领荒废了，我就常常自己练习，每次我吊嗓子唱戏练身段的时候，李青都会陪着我，鼓励我，于我而言，他就是我的大哥。

"但我没有想到他会变成这样。我和李青留下来不久，李青认识了一个做玉石生意的缅甸商人。我们这里是边境，再往外走不远就是缅甸了。缅甸汇集了很多开采玉矿然后倒卖原石的人，李青后来也开始跟着那个商人做倒卖原石的生意。一开始确实赚到了不少钱，但他千不该万不该……"钟晓说到这里，从梁今欢手里的纸巾盒里抽出一张纸巾，擦擦脸上的眼泪和鼻涕。客厅里十分安静，阳光从窗户照进来，洒到钟晓身上，给他勾上了一层毛茸茸的金边。

"他迷上了赌石。"钟晓的眼神有些晦暗，他咳嗽了两声，继续说道："我很早就劝他，不要再沉迷于那些看不见的东西里了。赌石市场上，是有人一夜暴富，但更多的是旦夕之间倾家荡产，更何况，他不是专业的赌石师。他不听，倒卖原石挣来的钱赔了进去，从我那里拿走的二十万，更是杯水车薪。我不在乎那二十万，但我一想那是我爸妈几十年省吃俭用存下来的钱，我心里就没办法原谅李青。我爸妈吃了一辈子的苦，最后却不得善终……"

钟晓说到这里，眼泪又流了下来。

听到钟晓的抽泣声，老头儿心疼得不得了，连忙摸着他的背说："哎呦哎呦！不难受不难受，中午爷爷给你做鸡枞吃！"

钟晓点点头，梁诺又问："那些海报又是怎么回事？"

钟晓把那天晚上的事情说了。梁诺问他为什么不报警，钟晓摇了摇头，说，不能报警，报警的话，李青这辈子就彻底毁了。

"都什么时候了，你还这么护着他！"

"我不是护着他,他对我有恩,我就当,偿还了他从前对我的恩情吧。"

钟晓说完就沉默下来,整个人蔫蔫的,再没有往日生龙活虎的模样。众人都沉默下来,唯有梁诺在良久之后才开口:"钟晓,你听着。"

钟晓抬起头,看着梁诺。

梁诺盯着他的眼睛,很认真地说:"没有人有资格管你喜欢什么人,这是你自己的事情,别人都没有资格对你的生活你的选择指手画脚。爱就是爱,没有高低贵贱之分,我们在爱面前永远平等。我知道你年纪还小,但你记着,你要一直保持真诚、热忱,不能沉沦于欲望,也不能因为别人的眼光而做错事,走错路。"

梁诺将自己的手搭在钟晓的肩膀上,使劲压了压:"外面的谣言,不要害怕。"

钟晓呆呆地听着梁诺说话,良久才重重地点了下头。

钟晓被剧院"请"走了,没地可去,就暂时先待在天工坊里。他也不敢出门,毕竟他是剧院里的人,也登台演出过几次,县里大部分人都认识他,相当大一部分还是他的票友。可是现在,只要他一上街,就好像他做了什么丧尽天良的坏事一样,看到他的人没往他身上扔鸡蛋就算好的。他就这么无所事事地在天工坊躺了一个星期,不是打游戏,就是和老头儿种花做菜。

可他还有几件戏服和头面在剧院的排练室里放着,其中有一套还是当年他父母去世后,他回家收拾遗物时发现的,一套十分漂亮的彩绣红色女蟒袍，立领云肩，彩丝黄穗，腰悬玉带，凤飞鹤缠，袍摆手绣海水云涯，长至过膝，下身为系裙，纯白的缎子，绣着彩色牡丹。戏服做得细致，即便是钟晓这种戏曲专业的人，都觉得漂亮。除了戏服，还有一顶掐丝彩蝶镶白珠点翠凤冠和一双金丝线锁口绣彩花的红绣鞋。爸妈将戏服保存得很好，封在放了樟脑丸和塑料布的木箱中，等待着合适的一天将戏服送给他。他爸妈不懂戏，更不懂戏服，不知道蟒袍是只有皇后贵妃这种角色才能穿的（又或者他们根本不知道这是蟒袍），他在拿到这套戏服的时候，还没出演过能穿得上这蟒袍的任何一出戏，而这也是他拥有的第一件真正属于自己的行头。

  他十八岁生日那天，第一次穿上这件蟒袍戏服。那天是他和李青一起过的，他穿着这戏服，在爸妈的牌位前，在李青面前，唱了一出《贵妃醉酒》，唱得不好，心思不在戏上，唱着唱着就哭了。他下意识拿着水袖去擦脸，待看到那绣满了三道彩绣的"趟袖"时，又匆匆把胳膊放下。那红底金凤纹绣像会发光一样，隐隐刺痛着他的眼。他没往脸上画油彩，也没戴那顶华丽的凤冠，唱到最后，他也不知道自己在唱什么了，只是在心中想着，学了这么多年的戏，却一次也没好好给爸妈唱过。他不想唱了，觉得唱着没劲，可是一阵穿堂风吹进屋子，裹挟着李青带来的茉莉花的香味，他愣怔一下，还是坚持唱完了。或许多年后这阵风再吹回来的时候，能将我的思念带给他们呢，他不着边际地想着。

钟晓特地挑了个周一，大家都复工复学的日子去剧院的排练室里取自己的头面和戏服。那天他特地穿了件极肥大的棉服，将帽子戴到头上后，又在帽子外面缠了一圈围巾，将自己的脸遮得严严实实。钟晓来到街上，都捂成这个样子了，可他还是感觉有些目光，带着探究和好奇，从四面八方传过来。

　　赵叔是他们京剧团的琴师，在剧院里待了很多年了。钟晓初来剧院的时候，赵叔帮了他很多，他们一直处得很好。这次知道钟晓回来拿戏服，他特地早早把钟晓的东西收拾起来，以免一些有心之人拿到戏服去破坏了。钟晓向赵叔道过谢，拎着赵叔给他准备的行李箱走出剧院。已至冬季下旬，天越来越冷，春节也快要到了。街上已经开始有些卖年货的小摊贩，春联、招贴画、火腿、腊肠，甚至还有卖鲜切花的。钟晓在小摊前转了会儿，觉得肚子饿了，便在一家小吃摊子前买了一盒卷粉，冰冰凉，但十分香。

　　钟晓想着自己不能在天工坊里白吃白住，便打算买些东西回去。一个年纪很大的老婆婆肩上挑着扁担朝这边走来，扁担两边的篮子里铺满绿叶，绿叶上摆放着葡萄、蓝莓、草莓和梨子。那个婆婆钟晓经常见到，钟晓看着她可怜，每次见到她都要从她的扁担上买些东西。

　　"婆婆！"钟晓叫那老婆婆。

　　老婆婆的眼神有些呆滞，她认得钟晓，看到钟晓叫她后，挑着扁担朝他走来，钟晓也走过去，对那老婆婆说："婆婆，给我来点草莓和葡萄！"

"哎……好哎……好……"老婆婆吐字不清，说起话来拖拖拉拉的。她手底下的动作也不快，甚至有些缓慢，钟晓也不急，手里端着那盒卷粉坐在箱子上慢条斯理地吃。老婆婆将水果装好了，又在水果堆里翻了翻，竟然不知道从哪翻出来一朵三角梅，她把袋子递到钟晓手里，又郑重其事地将那三角梅放进钟晓的手心，继续拖拖拉拉地说："花……花……戴花，小哥……好看，乖孩子……"

钟晓看着老婆婆额角垂下来的灰白干枯的头发，老婆婆的手指碰到了他的手掌，也是干巴巴的。钟晓连忙接过花，朝老婆婆笑了："真好看！谢谢婆婆！"

"不……谢。"老婆婆说完，接过钟晓递给她的钱，挑起扁担又慢吞吞地走了。

钟晓把卷粉盒子扔进垃圾桶，拎起自己的箱子往天工坊走。天气不好，有些阴沉，他觉得自己感冒了，便想着回去睡一觉。自己的事情被传得满城皆知，即便钟晓再怎么表现得毫不在乎，也不可能真的一点都不在乎。他好几宿没睡好了，一睡着，不是看到李青狰狞着脸说要他给他钱，就是看到他爸妈失望又生气地指责他丢人现眼。但他没有想到，自己会在今天看到李青，不是梦，是活生生站在他面前的李青。

巍山城里有几个人见人嫌的小混混，年纪不大，整日晃荡。这天钟晓取完戏服正准备回去，扔完卷粉盒子一回头就和这几个人撞上了。钟晓暗道糟糕，果然对面几个人朝着钟晓走过来，一边走一边阴阳怪气地说："呦！这不钟晓嘛！"

钟晓不欲与人纠缠，他提着箱子想越过他们，却被里面为首的一个人拽住了胳膊。那个人是钟晓的"老相识"了，叫陈卓，是钟晓的小学同学，小时候就喜欢欺负他。自从钟晓回到巍山后，陈卓几次三番带着几个小混混来找钟晓的麻烦，把钟晓惹得不胜其烦。但好在后来钟晓练就了一身骂人的本领，又有李青在，倒也没吃什么亏。不过，现下出了这么一桩事，钟晓拿脚趾头想想都知道他们又要怎么羞辱他了。

但陈卓的话却让他诧异："钟晓，你看你以前还瞧不起我们，现在还不是和过街老鼠一样人人喊打了？"众人哄笑，陈卓又道："这样吧，你加入我们，认我当老大，我们可以保护你，谁敢骂你我们就帮你骂回去！"

众人又开始七嘴八舌地应和，眼神却贱兮兮地，阴阳怪气。

钟晓甩开陈卓的手，虽不想落于下风，但碍于形势，只能说："不用了，谢谢。"

"哎呀，不用就不用，这么客气做什么！"

"对呀，你说不用就不用？"

"我们老大发了话，今天你不想也得想！"

钟晓眉心作跳，推开几个围上来的小混混就准备走，小混混们急眼了，开始推搡钟晓，一来二去，钟晓的箱子被推倒，戏服洒了一地。这下钟晓也急眼了，张嘴就骂，几个人的火气都越来越大，当场就打了起来。钟晓势单力薄，不一会儿就被压在地上动弹不得了，好在戏服没跟着他遭殃。陈卓气急败坏，揪住钟晓的头发就往后扯，也不管钟晓的脖子已经被弯折成了一个难以忍受的角度："你以为你是谁，你干丢人的事，你就活该被人打！"

陈卓说着站起来原地转了一圈，刚好看到一边躺在地上的戏服，于是马上就像斗胜了的将军，恶狠狠地说："呦，戏服呀，反正你也没地方唱戏了，这些东西烧了算了。"他说完拿着烟头就要往衣服堆上扔，钟晓惊慌失措地爬过去，李青就是在这个时候突然出现的，他一脚踹倒陈卓，陈卓手里的烟头也换了个方向，扔到了一个小混混的脸上，把他烫得龇牙咧嘴。

一场闹剧因为李青的加入而结束。陈卓带着他的人愤恨不平地走了，钟晓忙收起自己的戏服，拉着箱子也要走。他现在不想和李青有交谈，他所有的失望、愤怒、不甘都在再次见到李青的时候化为一句"算了吧"。周围看热闹的人却依旧不散去，仿佛在等着传闻中的主角又会在众目睽睽下上演一场什么大戏。李青抓住钟晓的胳膊，语气急切："阿晓，事情不是我做的，你相信我！"

"不是你？"钟晓好像听到了一个巨大的笑话："不是你能是谁？你觉得我会相信一个强盗小偷的话吗！"

"阿晓！"

钟晓没有再听下去，他拉着箱子，在众人的窃窃私语中，头也不回地走了。

不远处的天际，月亮悄悄爬上来，月光刺透幽蓝的傍晚，像改变了他一生的那个夜晚一样，那么凉。

第九章

　　钟晓直到很多年后都会回想起当时的那个场景。他总也想不明白，为什么他和李青的关系就像天上的飞机那样，本来好好的，却忽然不受控制地向下跌落，摔得粉身碎骨。他觉得，一定是哪个重要的环节出了错误，才将他和李青一起推入了深不见底的黑渊。

　　李青终于还是没有放弃自己的解释。人群像潮水一样涌上来，又像潮水一样涌走了。他跟在钟晓身后，沉默地走着。月光湿淋淋浇了他一身，也浇在钟晓身上。他忽然发现，钟晓的个子快和他一般高，他长大了，不再是以前那个饱受欺负、身体孱弱的小男孩了。

　　蹒跚的脚步声忽然响起在他们的耳边，是那个卖水果的老婆婆。她的水果没卖出去多少，扁担上铺的那层绿莹莹的草叶子已经打蔫了。老婆婆站在他的面前，目光呆滞地看着他。

　　钟晓勉强朝老婆婆露出一个笑："婆婆，您剩下的水果都给我装起来吧，我买了。"

老婆婆却并不动，只是依旧看着他。她的眼神呆滞，却让钟晓觉得浑身不舒服，仿佛自己是个什么东西一样，他想赶紧离开，老婆婆却伸手摸了摸他的头，并轻轻给他理了理额角的碎发。

"婆婆，您？"

老婆婆像是听不到钟晓说话一样，她在自己身上挎着的这个已经看不出是灰还是蓝的刺绣布包里翻找了半天，从包里颤颤巍巍举起了一朵已经被踩躏得不成样子的三角梅。她将三角梅轻轻别在钟晓的耳间，嘴里还念念有词，但钟晓并没有听清楚说的是什么。

老婆婆给他戴好花后就挑起自己的扁担，步履蹒跚地离开了。钟晓从自己的耳际摘下那朵花，放在手指间失神地看着它。海报事件发生后，他觉得自己像是换了个人，那层张牙舞爪的外壳没有了，那股不甘人下的心气也没有了。生活发生了如此大的变故，他本想着不闻，不问，当个盲人，做个哑巴，但事实却远非所愿。他又一次想算了吧，何必呢，夜晚的风干燥而冰凉，将他手心的花吹得轻颤，他合起手掌，转过身冲一直没有开口的李青道："李青，我可以相信你吗？"

李青急道："可以！阿晓，你可以信我！"

钟晓不知道想到了什么，他轻轻哼笑一声，说："那你走吧。"

那是钟晓最后一次见到李青。

那晚之后，钟晓给自己鼓足劲，尽快从糟糕的状态里恢复过来，但终归还是和以前不一样了。并不是不生气，不愤怒，而是等时间沉淀下来后，钟晓觉得自己被一种比愤怒更糟糕的情绪狠狠攫住了。他觉得自己是个线条很粗的人，所以他无法准确地形容出那种感觉，可是，他再也不能真正开心起来了。他觉得自己所有的开心都像一只南归的燕子，长途跋涉之后回到筑着巢穴的人家，却被家里调皮的孩子拿着弹弓一击而落。他是燕子，而李青不是调皮的孩子，只是孩子手中一颗小小的弹丸。

那天之后，钟晓躲在天工坊里再也没有出去过。年关将近，梁诺把最后一批客人订购的木雕交出去后，就彻底歇业赶制他的木雕了。《龙女图》虽然由老头儿主刀，但进行得依旧不是很顺利。老头儿擅长雕山水意境图，但《龙女图》却是以人物为主题，且画中的每个人物都是严格按照七头身的比例来画的，无形之中就给打坯增加了难度，必须小心又小心，不然一丁点失误都可能会导致人物比例失调。

"人是有虚有实的，你看这里，女孩子的胸、背这些地方一定要浅雕，下手要轻，雕得深了整个人就虚了，最后出来就显得不伦不类了。"

老头儿指导着梁诺。梁诺虽然不能说在打坯的过程中信心受挫，但还是感觉到了一丝困难，他到现在才回过味来，当初他拿着菜板雕的那幅图，老头儿当时根本就是没忍心往重了批评他，亏他当时虽然不满意自己雕出来的作品，但心里还沾沾自喜，觉得自己才学了几个月就能雕成这样实在是天赋异禀。

打坯的过程对手艺人的刀工要求非常高，每一刀下去都没虚刀，每一刀下去也在考验着雕刻人的功力。所以就这么雕了一段时间后，梁诺下刀虽然比以前熟了，但心里却越来越没底了。

老头儿看出了他的纠结，说："年轻人，不要急，慢慢来。要敢于试错！你雕错了，这不还有我可以给你改嘛！你不去犯错，就得不到经验，没经验就成长不了！不要怕，大胆下刀！"

老头儿一番话说得梁诺心里暖融融的，他道过谢，又埋进雕刻中。

农历腊月廿五这天，巍山下雪了。这是巍山今年迎来的第一场雪，黄昏时落下的，下得很大，有"乱云低薄暮，急雪舞回风"之感。钟晓和宋御棠靠在一起，坐在窗户边上看雪。窗户开着，雪花扑簌扑簌往屋子里钻，一片缭乱纷飞。钟晓有些悻悻的，问宋御棠这雪有什么好看的，宋御棠说，和北方的不一样。

"有什么不一样的，不都是雪吗？"

"就是不一样的。"

"啧，文化人。"

电水壶的开关发出"啪嗒"一声，水开了。钟晓穿着他那身毛茸茸的恐龙睡衣，尾巴一晃一晃地走到桌子边把开水从底座上拿下来，倒进一只玉色茶壶里，边倒还边说："老爷子这里全都是好东西,你看这个茶壶。"他说着将茶壶举起来,冲着宋御棠轻轻摇晃,"看到没,还能看到里面的茶叶和茶水呢!"

宋御棠笑了一下,说:"挺漂亮的。"

"漂亮倒是其次,主要是一看就很贵,我得小心点,不然打碎了卖了我都赔不起。"

钟晓说着,将茶壶和两个直筒玻璃杯放在托盘上,出屋子,转过廊檐,推门进了工作间。老头儿和梁诺的打坯工作马上要收尾了。钟晓给他们两个一人倒上一大杯茶水,被梁诺嘲笑太粗鲁,直接拿大玻璃杯喝茶。老头儿倒是只笑不语,看着他们两个在边上互呛。

末了,他对钟晓说:"阿晓啊,一会儿你和御棠去取一坛酒出来温上,今天下雪了,晚上咱们爷几个喝上一杯。"

"好的李爷爷。"钟晓乖巧点头,"取哪一种呀?"

"你们看着办,爱喝哪种就取哪种。"

"好嘞!"

钟晓应了就出门去了,临关门的时候还听到梁诺喊了一声"要雕梅酒"!他给梁诺取了雕梅酒,又取了一坛蜂蜜桂花酒,他还挺喜欢喝桂花酒的,清甜,不醉人。桂花酒泡在一个透明的玻璃坛子里,黄澄澄的,闪着琥珀的光泽。他抱了那坛五个月的,没抱那坛一年的,年份久点不容易,还是先留着吧。

只是,这杯雪夜温酒,钟晓到底是没有喝上。

因为李青失踪了。

钟晓收到李青短信的时候饭菜才刚上桌。这条短信来得猝不及防,钟晓变了脸色。他来不及和梁诺等人说明情况,只说有事,就匆匆出门。雪下得愈发急了,钟晓出门的时候,只来得及在睡衣外面套上一件羽绒服。雪中的巍山愈发安静了,街道上只有雪声、犬吠声和钟晓急急的呼吸声。他奔跑着,松软厚重的雪将他的脚印淹没,手机屏幕的亮光暗了下来,他终于站在了李青家门口。

那扇红漆木门关得很紧,门上的拉环显出岁月陈旧的痕迹。雪花在路灯下纷纷扬扬,有的撞上了木门,有的融化在了钟晓的手心。钟晓的手放在门环上,迟迟不肯落下。你害怕吗?李青在短信中问他。你是不是觉得我又会骗你,不会的,阿晓,来吧。我有东西留给你,那几乎是我的所有了,只有交给你,我才会放心啊。雪花放弃了以自己微薄的力量撞开那扇沉重的大门,转而纷纷落到了钟晓的身上。如果离远一点看,现在的钟晓就像一个僵直的雪人,他的头发上,眼睫上,甚至是略显灰青的嘴唇上都落满了雪。

钟晓正鼓足勇气准备打开大门的时候,一个路过的身影让钟晓凝聚在指尖的勇气又散了。是那个卖水果的老婆婆,天这么晚了还背着扁担,蹒跚于雪中。钟晓狠狠将自己垂在身侧的手握成一个拳头,拇指又在食指的边缘摩挲两下,才紧抿着嘴跑过去问:"婆婆,还未归家吗?"

"要……"

"您家在哪,我送您吧!"

"不……用了。"

老婆婆拐进李青家所在的那条街,她走得极慢,走到李青家门口的时候还停了一下,似乎在自言自语些什么,这次钟晓听清了,老婆婆在说"这家有花"。

待老婆婆的身影又转了个弯消失了,钟晓这才深吸口气推开门。穿过种了三角梅的庭院,来到亮着灯光的屋子里。那几株三角梅的花朵还开着,在灯光的辉映下和雪花一起闪闪发亮。客厅里正对着门口的是李青父母的遗像,遗像前的蜡烛摇曳着橘红色的光。钟晓站在门口,黑沉沉又轻荡荡的雪夜里,因着空寂,反而把那三角梅的香气衬得愈发明显而浓郁了。这间屋子他曾经来过许多次,这还是第一次看到遗像前的蜡烛被点燃。

寒意像附骨之疽顺着他的脊背往上蔓延,他觉得自己垂在身侧的手指在轻轻发抖,可是在那一刻,他又无端觉得自己从内心深处生出了巨大的勇气。那勇气推着他往前走,一股带着惧意的兴奋让他浑身战栗,每向前走一步,他身体颤抖的幅度就变大一点,每向前走一步,他身上那一层一层的鸡皮疙瘩就又变厚一层。等终于走到李青卧室门口的时候,他才发现自己浑身都已经抖得不成样子,甚至还能感觉到自己的牙齿在咯吱作响。一粒豆大的汗水从他的额头滴落,狠狠摔到冰冷的地板上,钟晓觉得一切都变慢了,他可以看到自己僵硬的手去开房门,也可以看到汗水在地面上炸开的水花。

房间里空无一人。一只木盒摆放在床的中央,钟晓走过去，缓慢地打开木盒。木盒里的东西让钟晓的呼吸停了一瞬，那里面是一套戏服、一张银行卡、一封信以及一张房产证。钟晓觉得自己有些眩晕，他伸手抹了一把自己的脸，才用颤抖的手从箱子里把信拿出来。打开信，入目便是李青那歪歪扭扭的字迹，钟晓曾经嘲笑过李青的字写得丑，嘲笑完了又给个甜枣，说，丑是丑了点，但是认真。李青总是无奈地任他嘲笑，从不会生气，像个温和而包容的大哥哥。

钟晓费了很大力气才将自己模糊的视线集中在信纸上，李青写："阿晓，我……我其实不知道要说什么，是我对不起你，也是我不知悔改，我也不知道你还愿不愿意听我的道歉，我把我爸妈留给我的房子买回来了，房产证留给你，银行卡里有三十万，除去你借给我的二十万，剩下十万，是我心中有愧，你收下吧。还有……还有那套戏服，是我很早之前就找专门的师傅定做的，本来是想等你生日的时候送给你，但是好像等不到了。阿晓，你我两人，少年相识，相伴多年，我父母早亡，你也是，和你相识的这些年，是我唯一体会到亲情的时候。阿晓，哥很开心能看到你顺利长大，但是对不起，让你在十八岁这一年看到了世界的肮脏。不管你信不信，我恨自己，如果能够重来，我再也不会做下那样的事。海报的事已经了结，有些人已经付出了代价，包括我。阿晓，我欠下的债太多了，阿晓，看在我们相识这么多年的份上，别忘了我。"

一阵冷风从窗户里吹了进来。钟晓冷得打了个哆嗦，他这才从盯着信的愣怔里反应过来。窗户开着一个很大的缝，在那缝隙里可以看到庭院里绽开的三角梅。白色浅蓝碎花的窗帘垂在窗子一侧，被风吹动，微微地，像某种被潮汐推上沙滩的鱼，一张一合用自己的腮呼吸着。屋子的灯光是暖黄色的，顶灯在灯罩里散发着柔和的光芒，灯罩是木质镂空的，灯影在屋子里投下清晰明灭的纹路，也映在了钟晓的脸上。钟晓忽然想起他曾经随口抱怨为什么李青卧室的灯光惨白惨白的，李青说，你喜欢什么颜色。钟晓说，就暖黄色的呀。李青问为什么，他说因为暖黄色有家的感觉。

一股难以言喻的愤怒从心口蒸腾起来，像燎原的大火，烧得他浑身都战栗起来。他握紧了拳头，眼泪从滑出眼眶的那一刻就变得冰凉，悲伤混杂着冷风，将他的鼻头冻得红通通的。他从来不知道自己的眼泪能有这么多，他以为他的眼泪从父母去世的时候就流尽了。他不知道自己为什么如此痛苦和悲伤，眼泪从他的脸庞上滑落，积聚在地板上，形成一小片湿湿的灰渍。他哭累了，就保持一个姿势，双眼直直地发呆。

怔怔地，他想起很久以前李青帮他打架的事，那也是一个雪天，他又被人欺负了，几个人追着他往修车厂跑，他打不过，衣服上都是雪和泥。那时候李青就像神兵天降一样，三拳两脚帮他打跑了欺负他的人，然后告诉他如果以后有人欺负他就往修车厂跑，他一定能够看到并且帮他打跑。

他又想起父母去世的时候，他跪在父母的遗体边不吃不喝，而发讣告、操持丧事的事情全都是李青在做。他回过神来后问李青怎么那么厉害，把这些事情做得那么好，李青摸摸他的头，说，因为我有经验啊。再后来该回闽江了，钟晓说，李青哥，我不回去了。李青皱着眉看了他半天，然后叹了口气说，行，你不去哥也不去了，你自己在这里我放心不下。钟晓说不行，李青就掐着他的手腕说，反正咱俩现在都是孤家寡人了，都在巍山还有个照应。

客厅里，火烛的噼啪声传进卧室，还带着一股供香的味道。更多的回忆涌向心头，纷繁的，杂乱的，好的，坏的。钟晓通红的眼睛望向窗外，在被屋内的灯光照亮的那一小片天地里，大雪瀌瀌，落雪无声。

第二天雪停了，钟晓满脸疲惫地回到天工坊，将事情的来龙去脉和梁诺等人说了个清楚。霁雪初晴，阳光很好。谁能想到大雪过后的第一天就是个大晴天呢。

钟晓又变得恹恹起来了，整个人一天到晚都没精神。除夕那天，巍山从早上开始就响起了鞭炮声，天工坊中午也放了一挂炮，桃红的炮纸散落在雪上，显得异常好看。钟晓忽然说要回自己的家里给父母上炷香，梁诺叮嘱着他吃年夜饭，要早点回来。梁今欢也来了天工坊，几个人一起帮着老头儿做年夜饭，一时热闹非常。

只是梁诺没有想到，钟晓这一走就再也没有回来。下午五点的时候，按照巍山当地的风俗，已经可以放鞭炮开晚饭了，可钟晓却迟迟没有回来。梁诺打听了一路找到钟晓家，却看到大门紧锁，大门的漆皮掉了很多，一看就是荒废了很久的。梁诺刚要和钟晓发微信，钟晓那边却发过来长长的一段话：

哥，我现在正在火车上，我也不知道这列火车是开到哪里去的，我只说让乘务员给我最近一趟的车次，我就上了这列火车。好吧好吧，我在撒谎，我知道这是去哪里的，但我不会告诉你，也不会在终点站下车。我走了，哥，我必须要在这天离开巍山。帮我和李爷爷、御棠姐还有晓奈姐说一声，谢谢他们这段时间的照顾，然后祝他们新年快乐，永远快乐。我也不知道该再和你说些什么了，就是觉得总得有个最后的告别。嗯！就这样吧！哥，再见，不用担心我，我永远都会坚强地活着。

梁诺再去给钟晓发微信和打电话，果然已经都被拉到了黑名单里。梁诺觉得十分不真实，几个小时前还快快地窝在沙发里求他帮着倒水的人，几个小时后却忽然消失在了他的世界里。如此悄无声息的，好像从未存在一样，让人觉得人生是如此虚幻，世界又是如此不真实。就这样，除夕夜，阖家团圆的日子，一个不满二十岁的孩子离开了家乡。

梁诺有些出神地站在钟晓家的大门前。有个卖水果的老婆婆挑着扁担经过，梁诺感叹，世人皆有难。他看着那老婆婆逐渐远走的身影，却无端想起钟晓被大雨淋湿的那天夜晚，他挤在自己的身边絮絮叨叨说话的场景。

哥，你知道我为什么这么喜欢黏着你吗？因为你特别像我哥，从第一眼看到你我就觉得像。我妈说我本来是有个哥哥的，可是哥哥在我出生以前就没了，不然我也就不会出生了。

哥，今天是我爸妈的忌日，我难受。真的难受。我一难受就想唱苦情戏，戏里边的那个张慧珠家破人亡了，她难受，我也替她难受，这样我就不那么难受了。

我的家也破了，我没有家人了。

我真的好想有一个家啊。

那晚的夜色、雨声和少年被台灯的灯光氤氲着而显得温润如玉的脸庞，可能会在梁诺的回忆里停留一辈子。雨声稀碎，少年的悲伤恍若针线，在时隔将近一月之后穿透梁诺的身体，将他整颗心细密地缝合在一起。那是一种痛苦的、变形的、不能和解的悲伤。

而如今，这个少年背上了行囊，决绝地起身，去寻找他的"家"了。

纵有千般情绪，万般难说，可年还是要过的。梁诺失落地回到了天工坊，将事情给大家说了，老头儿叹了口气，说："人都要做选择的。这是钟晓自己选择的路，以后有缘自会相见。"

梁诺觉得，自从钟晓走了后，时间就像被按下了快进键。宋御棠在年初五过完后就坐飞机回了阳城，梁今欢听梁诺的话，搬进了天工坊里，和梁诺、老头儿一起生活。梁诺暂时没有离开巍山的打算，他之前和几个朋友在首都合伙开了个工作室，那边有朋友们顶着，运营的事情他也不懂，只定时画画设计稿，通过网络传回去，所以那边暂时也用不到他。

"朝夕相处的孩子一下子走了两个，我这心里，还是有点空落落的。"老头儿在和梁诺做木雕的时候随口说道，他们的木雕工作已经开始到修光了，修光的技术要求更高，所以工作进行得比打坯还慢，"不知道老头子我闭上眼之前，还有没有缘分再见这俩孩子一眼。"

"您说什么呢，您一定可以长命百岁的李爷爷！"

"我这一辈子，没子孙缘，结婚成家暂且不说了，一个人过了一辈子，没承想有生之年还能见到你们几个孩子，等我到了下边，也能和婉宁说道说道了，嘿。"

"别老说丧气话李爷爷，您得好好活着。"

"哈哈哈，年轻人呀，人失所爱，春秋易逝，一晃眼，这么多年也就过去了。"

两个人聊着天，手下的工作也没停。所谓的修光就是将打好坯的木雕在细致处进行刻画，以刀作画，这是木雕工艺的精妙所在，要求持刀人有良好的美术功底，所以这个环节，梁诺倒是觉得轻松了些。修光的时候也是按照从上到下的顺序，因为这幅《龙女图》原画设计的问题，要做许多深雕，很多时候都要将刀伸到空间结构内部去雕刻，将一些地方雕空，这样才能显出层次感和立体感来。为了尽可能体现几个人物的动态美，梁诺手底下不敢有一丝一毫懈怠。

时间就这样在手底下流过去了。花开了，花谢了，葡萄下了架，进了酒缸，下雪了，梁诺喝上了葡萄酒。酒喝完了，手下的工作还在进行着，雪化了，花又开了，草又绿了，老头儿花圃里的紫茉莉也开了，转眼，春天都要过完了。

第十章

梁诺没想到会再次见到青葙。自那次和青葙的父亲在医院一别之后,梁诺又去看过青葙几次,再之后青葙出院回家休养,而他也有诸多杂事缠身,两人便断了联系。农历的三月十五是巍山当地的传统节日风筝节。相传在这一天放风筝可以把病邪厄运全都放走,并迎来平安健康。梁诺没见过这样的节日,便和梁今欢在三月十五这天一起去了镇上的紧急避灾广场上放风筝。

镇上的紧急避灾广场是一片十分广阔的阶梯式广场,因为地处山区,周围宽阔的平地很少,所以就建了这么一个广场防止灾情突发而人们无处安置。自从很多年前这个广场建好以后,风筝节的阵地就被人们从街区转移到了这里,不过,偶尔还是可以看到长街上有孩子们举着风筝奔跑。

梁诺和梁今欢选了一只鲤鱼风筝,橘黄色的,十分漂亮,鲤鱼鱼身上的鳞片还做了一些特殊处理,看起来闪闪发亮。卖风筝的小贩送了他们几条红布条，说是可以把自己的祈愿写在布条上，并系在风筝上。小贩还很热心地给了他们一只马克笔，说两位客人随便用，不用了给我拿回来就是，我今天一天都在这。梁诺没什么想写的，便将笔给了梁今欢，自己朝着广场上层走去。

暮春的巍山，已十分温暖。站在避灾广场的最上层往远处看，入目便是青翠的山峦和巨大的云朵，微风轻轻吹动着，云朵的云影在山顶晃动。视线拉近到广场上，十分热闹，几乎每层都站满了人，大部分是大人带着小孩，也有小情侣手牵着手共同放飞一只风筝。欢声笑语被春风裹挟着飞向天际，梁诺又一次生出了岁月缓慢的感觉，而那些缓慢的岁月就像水打青石，在叮咚叮咚的泉水声中慢慢损蚀出日子的弧度。

临出门的时候，梁诺问老头儿要不要一起去，老头儿摆摆手，说，你们去吧，我老头子跑不动啦。梁诺又问，风筝节放风筝可以保佑我财源滚滚吗？

老头儿看了他一眼，说，不能，只能保佑你平安健康。

为什么只能保平安呢？

当然是因为平安更重要啊，真没看出来你小子还是个在钱眼里的。

嘿，没人嫌钱多嘛！

风筝终于飞上天了。梁今欢的鼻尖上出了一层亮晶晶的汗，但她依然仰着头看混在风筝群里的鲤鱼风筝。

"哥，我口渴了，可以帮我买一瓶水吗？"

梁今欢说着，眼睛却依然不愿意离开风筝。她的双眼弯出一个微妙的弧度，阳光落进她的眼底，展现出一种奇异的光亮和温暖。梁诺在广场两侧的小贩处买水时，还听到她小小的声音里带着惊喜说着，真好啊，真好啊。

梁诺是在买水的时候看到青莳的。起初，他并没有认出那是青莳，他只是看到一个熟悉的身影，穿着一件长款奶油色木耳花边V领连衣裙，头发微微束起，正弯着腰和面前的一个小朋友说着什么。她的一只手臂间搭着一件浅蓝色针织开衫，而另一只做了抽绳褶皱打揽和木耳花边袖口设计的袖管却空荡荡的，让漂亮的袖子显得十分违和。

梁诺不确定地叫道："青莳？"

青莳闻言抬起头来，眼睛在看到梁诺的那一瞬间微顿了一下，然后便露出一个腼腆的笑，她拉起那个小朋友的手朝梁诺走来，然后温声软语地和梁诺打招呼："梁大哥好巧呀，我们好久不见。"

青莳还是青莳，可青莳似乎又不是青莳了。梁诺盯着她看了一会儿，问："你的手……"

"这呀，其实是我幸运。"青莳似乎有点不好意思，但语气中又带着很明显的喜悦，"我出院以后不久就过年了，我帮爸爸搬炮仗烟花的时候偷偷放了一个，不小心伤到了胳膊……"

"是不小心还是故意的？"

"嗯……"青莳歪着头思考了一下，"是上天这样安排的。"

她的脸上露出了一个狡黠的笑，就像那次梁诺去医院看她，她躺在病床上露出的那个笑一样。那时候，梁诺觉得这个姑娘透明得像是要消失了，可是今天再见到她，梁诺发现自己不太敢认青莳了。以前，青莳就像一块透明的冰雕出来的美人，被放在阳光下，好像时时刻刻都要融化一样，她那种缥缈感是被太阳时时刻刻照耀而生出来的不确定感。

而如今的青莳，却像被人重新放进一个永远不会消失的身体并细细地再次雕刻了一遍一样，她不再透明了，不再缥缈了，尽管她依旧是轻的，是灵的，可现在的她是一只蝴蝶，或是一只鸟，她可以自由地飞翔，并且在她愿意的时候降临在大地上，去感受这个春天、这个世界所有的花开和温暖。她的余生不再是一碰即碎，而是还有漫长的、大把的岁月等着她去感受，去消耗。

梁诺忽然觉得有些感动。

青莳微笑着说："我才刚出医院不久，就又回去躺了两个月，后来我还在医院里看到那个照顾过我的护士小姐姐呢，她说她肚子里有了小宝宝，真替她开心！"

梁诺也跟着青莳微笑起来。青莳带来的那个小朋友却不干了，哭唧唧地摇晃着青莳的手，外套都差点被他摇下去："小姨小姨我要吃冰激凌，你答应我了的！"

"好好好，这就去。"

梁诺帮青莳把开衫穿在身上，青莳向梁诺道别并说如果有时间的话一定会去木雕店里找他玩，小朋友也礼貌地说过"叔叔再见"后，青稆便拉着小男孩的手走远了。待青稆的身影消失在人群里之后，他才想起来还没给梁今欢买水，便匆匆买了一瓶水，回到梁今欢的身边。

梁诺接过梁今欢手里的手柄，梁今欢拧开瓶盖猛喝了几口就打开手机开始拍照。拍完之后就在手机上打字，似乎在和什么人聊天。梁诺靠过去状似无意地看了一眼，然后状似无意地说："宋奈？"

梁今欢把手机收起来，看着梁诺"啊"了一声，两人便没再继续说话。良久，梁今欢才问："哥，你是怎么知道我在这里的？"

"是宋御棠，她发现了你给宋奈发的消息。"

"这样啊。"

人生喧嚣，春意吵闹。周围的人群欢笑着，拥挤着，仿佛可以永远这么开心下去。

"对不起，哥。"

这声对不起梁今欢其实欠梁诺很久了，但是直到今天她才有勇气说出来。

梁诺短促地笑了一声，不过眼神倒是很温柔，他伸手揉了揉梁今欢的头，轻声说："没关系。"

风筝节过后，日子继续悄悄往前溜走。转眼，梁诺已经在巍山待了半年多了。木雕《龙女图》这日算是正式雕齐，只差"开眼"了。梁诺和老头儿两人合力将躺着的木雕扶起。"开眼"这项工作只能由老头儿一个人完成,因为"开眼"就和画龙点睛一个样,是作品的灵魂,对雕刻人的手艺经验等要求很高,梁诺若是想独自"开眼",恐怕还得再练上几年。

木雕开眼完成后,上色的部分就可以由梁诺自己来完成了。他哼着歌,手里拿着蘸颜料的刷子,旁边的小木桌上放着一个五彩斑斓的颜色盘。老头儿站在他旁边看他上色,说:"比预想的好。"

梁诺也这么觉得。如果不是老头儿承担了大部分工作,这幅作品肯定没有今天这般生动——不管是蛇身上女孩的衣摆,还是神女身上代表碎片的裂纹。当初,雕到这部分的时候,两人都犯了难,最后还是老头儿拍板决定,打坯就打个样出来,修光的时候再雕出细纹。

"这可怎么雕?"梁诺问。

"总有办法的!"老头儿十分乐观。

确实也是,这个世界上,船到桥头自然直,办法总比困难多,所以修光的时候老头儿真就把那碎片斑驳的感觉给雕出来了。梁诺看着雕刻刀在老头儿的手里仿佛有了灵魂的样子,惊讶得合不拢嘴。他问老头儿这是什么技法,老头儿说也不是什么技法,不过是多年的经验累积出来的罢了,这又让梁诺佩服了一通。

新的一年,木雕店已经很少开门了。梁诺觉得在老头儿这里白吃白住不好意思,老头儿说,出门左拐一里地,有一家宾馆,随时欢迎,梁诺就不再纠结这件事了。他问老头儿为什么不开木雕店了，不是说木雕店的存在是一种仪式感吗？

彼时老头儿正在院子里将快要干枯的地肤草绑成扫帚，他听到梁诺这么问，便停下手中的动作，思忖了会儿，开口道："就觉得也该开到这时候了。"

梁诺不明白他的意思，于是他又说，你看这地肤，繁盛的时候红艳艳一片，可不管它开得怎么好，到了时候该死还是得死，这不，老头儿摇摇手里快要成型的扫帚，这不就死了吗。

梁诺哑然。或许人对自己的未来是有朦朦胧胧预感的。老头儿的话总是让梁诺感到不舒服，可他又得承认，老头儿的话说得句句在理。这人生，不过是一台大戏。戏台上百转千回，那是别人的人生，戏台下，烟花炮仗响满天，可放炮仗的人，终究不过是一群人，任怎么热闹，听完了，看完了，也就要散了。

老头儿发呆的时间越来越多。他依旧每天把自己打理得干干净净、整整齐齐，可此时，他身上也显现出一些老人的影子来——不是他的面皮上，而是他的灵魂里。他也不爱听戏了，戏匣子放在客厅的某个角落里，有几个月不曾动过，也是梁今欢细心，记得隔三岔五给它擦擦灰。他反而留意起梁诺听的歌来，一日，梁诺嘴里哼着一首调子被他听到了，他就问，这是什么歌，你唱给我听听。

梁诺便坐在他身边，轻轻地哼唱起来：

行走于旅途而忘记行走
沉醉在书中而忘记了书

……

黑鸟 你在哪里

……

是钟立风的《黑鸟，你在哪里》，语调舒缓，却又带着难言的沉重与悲伤，梁诺唱完后转头去看老头儿，才发现老人家已经侧卧着睡着了。他的睡容十分安详，眉眼阖着，脸上是浅褐色的皮肤和深深浅浅的皱纹。梁诺想，明明才认识还不到一年，却好像早已相熟了十几年甚至几十年。梁诺觉得自己是个亲人缘很浅的人，身边的朋友也不多，似乎生来就进入了一个孤单的角色，但是老头儿的出现却带给他一种不同寻常的情绪体验，像长辈，又像朋友，还像……一些说不清的东西，弥补了他生命中一些难言的空白。

梁诺又轻轻哼起歌来，在又一年十月的阳光与蓝天里，他想，或许真的到了要离开的时候了。他不知道自己为什么会忽然涌现出这种想法，但就像老头儿有意无意预言似的语句一样，人或许真的可以预感自己的未来，譬如说，分散、疾病或是死亡。而这种预感在老人家不小心在冬雨里滑了一跤而被送进医院之后变得越来越明显起来。

老头儿骨折了，对于一个年近八十的老人来说，骨折是要命的一种伤害。伤筋动骨一百天，老头儿却浑然不在乎自己的余生可能真的会躺在床上度过，他对梁诺说，年轻人不要老是皱眉头，早早变成了老头儿，没有女孩子会喜欢的。见梁诺不说话，他又道，小梁啊，你呢，给我请个护工，你去忙你自己的事情去，不用天天在这里守着我。你不是我的什么人，我住进医院了，合该也不是你来照顾我。

李爷爷，我不是忘恩负义的人。

知道你不是，但我老头子年纪大了。我最近就常常想，我这一辈子，可能也就到这了，活了这些年，我早就活够了。等我死了，天工坊你就来帮我照顾吧，我知道你们年轻人不愿意一辈子活在小地方，况且这里也不是你的家乡，所以，我就请求你，一年回来那么一两趟，把我这一辈子的心血照看一二。还有木雕店那里，那里我其实很久之前就买下来了，当年，那房子的原主人家中急用钱，就咬咬牙买了下来，开成了木雕店。

李爷爷，您说这些干什么，骨个折而已，又不是什么大病，况且现在医疗这么发达，就那什么，心脏血管上的主动脉夹层怎么的还能治好呢。

病房里的气氛被老头儿的一席话弄得有些悲伤。梁今欢也在病房里，不过她向来话少，就只缩在一张椅子上，看着哪里需要帮助了就起来搭把手。

哎，我老头子一把年纪了，不忌讳这个"死"字，谁活一辈子，能有不到头的时候呢！

梁诺无言，依旧和梁今欢一起照顾老头儿，没有去请护工。但是，他俩一个是没什么照顾人经验的大小伙子，一个是才二十出头的小姑娘，拉拉扯扯几天下来，几个人都有些受不了，于是梁诺不得不给老头儿请了个护工。恰巧这时首都的工作室出了些问题，梁诺需要临时回去一趟，于是便彻底将手里照顾人的工作交给了护工。

但梁诺没想到，这一走，竟是和老头儿的永别。

梁诺离开巍山一周以后，接到了梁今欢惊慌啼哭的电话，她在电话那头说："哥，李爷爷他去世了！"

梁诺连夜买了机票，又倒了两个小时的客车，风尘仆仆地回到了巍山。巍山医院病房里，那个护工也在跟着梁今欢哭，边上还站着警察。

护工是一位四十来岁的大姐，她普通话似乎不太好，又是在着急的情况下，便只用方言说："我也不知道是怎么回事啊！李大爷今天说阳光好，想要去医院的人工湖旁边转转，我就用轮椅把他推到了人工湖边，到了地方，他说，风有点大，让我回去给他拿毯子，可谁知道！谁知道！"大姐哭的声音越来越大，"谁知道老大爷不见了呀！"

"人工湖边就没有别人吗？"

"那会儿正是人少的时候呢，你又不是不知道，这边这个院区本来就是新建的，人少，人工湖还在那犄角旮旯儿里！"

大姐哭得凄惨，几个警察正在搜查病房里的角落，看看能不能找到遗书之类的东西。正在大家哭得不行的时候，一个小警察举着一张纸说："队长，您看看，这是不是遗言！"

案子这就算结了，确实不关护工大姐的事，老头儿是不慎落水。

梁诺从殡仪馆的冷库里将老头儿的遗体接回了家。老头儿一辈子都是孤家寡人,他不能让老人最后连个送终的人都没有。那晚在天工坊设下的灵堂里,白色的蜡烛闪着浅橘色的光芒,老头儿的遗容被殡仪馆的工作人员修饰了一番,看起来格外安详。梁诺坐在灵堂的椅子上,他已经好几天没有休息好了,直到现在,他仍旧有种不真实的感觉,仿佛下一刻老头儿依旧一脸慈祥地从某个屋子里出来,问他,小梁,喝酒么?

老头儿写下的遗书很短,寥寥几个字,却将梁诺的心捅了个对穿似的疼,他写:小梁,我去找你师母了,她还等着我呢,我那一屋子酒归你了!

最终,老头儿还是收下了他这个徒弟。

他头支着椅子背儿睡着了。迷迷糊糊间,他好像来到一个自己从未到过的地方,那里一片狼藉,遍地都是泥水,一个年轻人被几个大汉驾着,像疯了一样大喊:"让我去找她!我要去找她!我不信!我不信!"

年轻人的绝望和悲伤仿佛穿透梁诺的身体。天空是烟青色的,还在下着小雨,天幕下,死亡的气息从远处的山峦开始一点一寸地侵蚀这个已经破败不堪的小城。年轻人被关进了一间光线昏暗的小屋,梁诺的身体却十分轻松地穿过了那陈旧的木门,他看到那个年轻人蜷缩在角落里发着抖,他的悲伤仿佛有实质一样,让梁诺也觉得难过起来。

时间就这么过去了,梁诺看着还在抖的年轻人,感受着他的痛苦和难过。

忽然，门被打开了。一个个头很高、嗓音很糙的男人进来抓住那个年轻人往外拖，嘴里还说着："李有恒，你快跟着我来看看那是不是婉宁，快点，不然一会儿被我们队长逮到了就完了！"

年轻人跌跌撞撞地跟过去，梁诺也跟在后面跑。高个子男人把年轻人带到一具已经看不清模样的遗体边，年轻人却只看一眼，便用嘶哑的声音说，"不是。"

不是。梦到这里其实已经醒了，但不知是太累还是怎么的，梁诺觉得自己的眼皮有千斤重，怎么都睁不开。于是他索性就不再挣扎，依旧闭目养神。迷迷糊糊中，他似乎听到有人在他耳边说话，很轻，很模糊，很近，但又很远，他只努力听清了几句，那人是在读一首诗：

我有所念人，隔在远远乡。
……
乡远去不得，无日不瞻望。
……

再后面是什么，梁诺就听不清了，那个人的声音彻底远去，他正想着这首诗后面该是什么，想得绞尽脑汁，就被梁今欢推醒了。

"怎么了？"

"御棠姐来不了了。"

梁今欢有些丧气，梁诺问为什么。

"御棠姐的妈妈——张阿姨生病了，挺严重的，现在还在重症监护室里。"

"这也是没办法的事，御棠姐的家里，也没有什么别的人了。"梁今欢沉默一会儿后加了这么一句。

梁诺沉默地点头，问："还有别的吗？"

"御棠姐哭了，我也跟着难过。"

梁诺伸手摸摸梁今欢细软的头发，又伸手抹掉她眼角的泪，说："不哭。"

"哥哥，我希望张阿姨没事。"梁今欢哽咽着说。

"一定会没事的。"梁诺安慰她。

转眼三天过去，这三天里天工坊也陆陆续续有不少前来吊唁的人，大多数是老头儿生前的客人，好友却没有几个。让梁诺印象深刻的是第三天下午，将近傍晚出现在天工坊的一位老婆婆，梁诺曾经见过她几次，挑着扁担，嘴里念念有词地穿行在街上卖一些梨子草莓之类的水果。

"婆婆，我们这里，今天不招待客人，所以也没有饭菜……"

梁诺迎过去，礼貌地想要拒绝老婆婆往里走。并非梁诺不近人情，他这几天实在心力交瘁，再没有多余的精力来照顾这个婆婆了。在巍山本地，办葬礼也是要摆宴席的。但老头儿的葬礼办得十分冷清，只有大门口两支白幡，堂屋门口一副挽联和灵堂里两根白蜡烛，就算全部的仪式了。

梁诺自然而然地将这个婆婆当作来找饭吃的，他好言好语想将婆婆送出去，但婆婆却并未理他，放下自己肩上的扁担，径直朝着灵堂去了。梁诺拿不准她的想法，便小心翼翼跟在她身后，想看看这个婆婆到底要干什么。婆婆也不管梁诺在身后跟着，依旧慢吞吞地往前挪。

老头儿躺在灵堂正中，身上盖着一块深蓝色的绣花绸面缎子。老婆婆好不容易走过去，想要掀老头儿脸上的缎子。梁诺连忙伸手阻止，老婆婆的手却像一块经年的铁，看起来十分腐朽，却十分坚硬。梁诺竟然败给了一个老妇人，看着她固执地掀开老头儿脸上的那块布。老婆婆低着头看着老头儿，好像在细细研究一种什么东西，那眼神竟然十分专注，甚至还有一丝难以形容的纯洁。

梁诺只得怔在一边，待到老婆婆终于舍得撒开那块蓝布了，梁诺赶紧接过又小心翼翼地给老头儿盖了回去。

"树……高千尺，叶落……归根……叶落……归根。"

老婆婆嘟囔着，又花了很长时间慢吞吞地挪回大门口，挑起自己的扁担走远了。

老婆婆的出现就像一个小插曲，事情该怎么做还是要怎么做的。之后的事情便没什么好提的了，无非是火化、下葬一条龙，有殡仪馆工作人员的帮助，办起来就方便多了。待一切尘埃落定，梁诺和梁今欢回到天工坊的时候，天已经擦黑了，空气被染成了掺杂着橙色的墨蓝，唯有一缕夕阳还在黑暗中挣扎着燃烧。借着一丝天光，梁诺和梁今欢路过只剩残枝败叶的小花圃，进到屋子里打开灯。

一切还是那么熟悉，仿佛什么都没有改变一样。陈旧的灯罩、无人问津的戏匣子、摆在桌子上的玉色茶壶，还有一个老头儿进医院前还未雕好的小摆件……那是一只小麒麟，老头儿开玩笑说等雕好之后送给梁诺，祝他早生贵子。梁诺记得他说，那您得先送我一个月老呀，对象都还没有一个呢。过往一切，现在想起来还恍如昨日，可惜了，现在不仅月老没有了，小麒麟也永远不会雕好了。

老头儿的事情处理清楚了，要开始考虑离开巍山的问题了。

"哥，你打算怎么办，要走吗？"

"先回阳城吧，你跟我回去？还是继续留在这里？"

梁今欢摇摇头："我跟你回去，我想……去看看奶奶。虽然奶奶对咱俩也并没有多好，但好歹也把咱们带大了。"

"决定好了吗？回阳城会不会害怕？"

梁今欢沉默了一会儿，虽然脸色有些苍白，还是努力露出了一个笑容："其实，御棠姐来的那天我就在想了，哥哥，我不能永远这么逃避下去，这样对不起宋奈，对不起她用自己的生命换回了我的生存。御棠姐说张阿姨生病了，御棠姐的爸爸也不在了，我想回去帮帮她。我知道张阿姨不会原谅我，也知道自己这辈子都不可能像宋奈那么优秀那么耀眼，但我……不想再后悔了。"

她难得有一下子说这么大一段话的时候，说到后半段还仿佛短气一般喘了口气。梁诺耐心地听她说完了，然后温柔地摸摸她的头,说:"那哥哥呢?你离开哥哥的这些年怎么算?是不是因为我是你的哥哥,所以就不需要补偿?"

梁今欢诧异地看向梁诺,有些手足无措。

梁诺深吸了口气,视线投向窗外的夜色,"曾经,你真的很让哥哥失望。哥哥一直在鼓励你要勇敢,要坚强,不管你犯了多么不可饶恕的错误,或者遇到多么解决不了的事情,你的身后都还有哥哥在,但你却一声不吭地离开了。你是觉得哥哥够坚强还是够冷情,可以看着相依为命的妹妹不知死活地在外流浪?

"知道你丢了的那一刻,是哥哥最最失望的时候,那时候我想,原来无论我怎样鼓励你,在你遇到害怕的事情的时候,第一反应还是像只蜗牛一样缩回壳子里。我甚至还想过,你会不会根本不是我的妹妹,我为什么会有一个这么懦弱,这么不勇敢,这么胆小的妹妹。可我从来没有放弃过找你,因为你是我的妹妹。"

梁今欢早已泪流满面,她的嘴唇嗫嚅着,仿佛想说什么,却因为一些原因而哽咽地说不出话来。梁诺很认真地抹掉她脸上的眼泪,捧着她的脸说:"怎么动不动就哭,爱哭鬼。哥哥说这些并不是要怪你,而是想要告诉你,你总会长大,你未来的某一天还会有自己的家庭、小孩。你要变得足够坚强,才能去保护你爱的人,而不是一直逃避再一直后悔。哥哥也需要你,你的存在让哥哥觉得这个世界不是孤单的,这个世界是真实的,这个世界上还存在着一个和哥哥有联系的人,懂吗?"

梁今欢点头，虽然泣不成声，但还是努力说："哥，我一定会，一定会努力勇敢起来的！"

"过往种种就随风散去吧，离开巍山后，开始新生活好吗？"

"好！"梁今欢泪眼蒙眬地说。

那晚他们又聊了很多，第二天梁今欢将天工坊里可以收拾整理的东西都收好了，而梁诺则先去将《龙女图》快递回阳城，又去找了陈哥儿，将天工坊和老头儿的木雕店拜托给了陈哥儿，麻烦他有时间就去看一眼，他一年也一定会回来几次的。陈哥儿很热心地答应了，梁诺还自嘲，本来还说让你有事来找我，现在反而是我先来找你帮忙了。陈哥儿听了哈哈大笑，像好兄弟一样在梁诺的胸口轻轻打了一拳，说，哥们儿之间不说那么多！

离开巍山那天是个晴天，就像梁诺来到巍山的那一天，他从客车上下来的那一瞬间就被这个小镇迷住了，那时候他看着满天满眼的阳光和蓝得透明的天空，想，这个世界上怎么会有这么美这么安静的地方。青石板的长街，古风古色的房子，淳朴的民风和岁月经久的寺庙，一切都是那么恰到好处，仿佛这座小镇被时光遗落在了千年之外。

梁今欢坐在靠窗的位置，怀里抱着一只看起来十分幼稚的小熊书包。汽车行驶在崇山峻岭之间，一侧是悬崖，一侧就是大朵大朵的白云和似乎就在身旁的蓝天。她十分兴奋地贴着车窗往外看，似乎十分新奇。梁诺失笑，得亏梁今欢不恐高，要是恐高，现在肯定又要哭了。

梁今欢兴致勃勃地转过头来看着梁诺，说："哥，我刚来巍山的时候，和今天一样是个大晴天，那时候我就决定暂时不要走了，我觉得我在巍山，整个人都被吸引了。"

梁诺也笑笑："是吗？那咱俩真不愧是兄妹，我刚到巍山的时候也是这么想的。"

两个人一起笑了起来。

汽车依旧在飞驰，载着他们开往家的方向。蓝天白云，苍翠山峦，梁诺想，他足够幸运，让猝不及防的离别终于有了再见的那一天，而永不再见的思念也终将远去，他们之间再也不会隔着霭霭云端和迢迢青天。

千山万水，岁月苍茫。路长日暮，终有会时。